漢文の素養

誰が日本文化をつくったのか?

加藤徹

目次

第二章　日本漢文の誕生　51

第五章　中世の漢詩文——159

第六章　江戸の漢文ブームと近現代　185

はじめに

漢文の素養

かつて漢文は、東洋のエスペラントであった。

漢文で筆談すれば、日本人も、中国人も、朝鮮人も、ベトナム人も、意思疎通をすることができた。また漢文は、語彙や文法が安定しているため、千年単位の歳月の変動にも、あまり影響されない。

日本や中国の生徒は、学校の授業で、『詩経《しきょう》』の三千年前の漢詩や、『論語《ろんご》』の二千五百年前の孔子《こうし》の言葉を読まされる。これは東洋人にとってはあたりまえのことだ。しかし世界的に見ると、そもそも「古文」がない国のほうが多いのである。

例えば、イギリスやアメリカの学校の授業に「古文」はない。アルファベットでしか書けぬ西洋語は、文字が発音の変化を忠実に反映しすぎて、綴《つづ》りが百年単位で変動してしまうため、千年もたつと「外国語」になってしまうのだ。英語の最古の叙事詩《じょじし》『ベーオウルフ』は、八世紀の作品であるが、一般の英米人はこれを音読することさえできない。

時代や国境を越えた普遍語としての漢字と漢文にあこがれた西洋の知識人は、イギリスの哲学者フランシス・ベーコン（一五六一～一六二六）をはじめとして、意外に多い。

かつて、われわれ東洋人の先祖は、「漢文の素養」つまり人類の集積知《しゅうせきち》に自由にアクセスする能力をもっていた。日本文明の歴史も、この教養大系の存在をぬきに語ることはできない。

高位言語だった漢文

昔の植民地では、しばしば三層構造の言語文化が見られた。上流知識階級は高位言語としての純正英語（ないしフランス語）を使い、中流実務階級は現地化した英語を使用し、下層階級は民族の固有語を喋《しゃべ》った。

日本国内でも、外資に買収された企業などでは、外国人の社長と重役は純正英語を、中間管理職はカタカナ英語を、平社員は日本語を、と、一種の三層構造が見られることがある。

そもそも近代以前は、どの文明国も、三層構造の言語文化をもっていた。

上流知識階級は高位言語たる純正文語を、中流実務階級は口語風にくずした変体文語を使った。下層階級は、文字の読み書きができぬ者が多かった。

高位言語は、伝統と権威のある古典語であり、叡智《えいち》の宝庫であった。その文法や語表現は洗練され、規範化され、国際語としても使われた。東アジアでは漢文が、西欧ではラテン語が、インドでは梵《ぼん》語が、中東では古典アラビア語が、チベットからモンゴルにかけては古典チベット語が、それぞれ高位言語の地位を占めていた。

封建時代の日本でも、言語文化は三層構造だった。

上流知識階級である公家《くげ》や寺家《じけ》、学者《がくしゃ》は、純正漢文の読み書きができた。中流実務階級たる武家《ぶけ》や百姓町人の上層は、日本語風にくずした変体漢文を交えた文体「候文《そうろうぶん》」を常用した。下層階級、たとえば長屋に住んでる「熊《くま》さん」「八《は》っつぁん」は、無筆《むひつ》（文字の読み書きができないこと）が多かった。

江戸時代までは、純正漢文の読み書きができねば、漢学者や国学者にはもちろんのこと、蘭学者《らんがくしゃ》にもなれなかった。イギリスの科学者ニュートンが『プリンキピア』（一六八七）を英語ではなくラテン語で書いたように、日本の杉田玄白《すぎたげんぱく》らも『解体新書《かいたいしんしょ》』（一七七四）を純正漢文で書いた。例えば、

亜那都米、訳㆓解体㆒也。打係縷、譜也。故今題曰㆓解体新書㆒。

訓読すれば「亜那都米《アナトミイ》は解体と訳すなり。打係縷《ターヘル》は譜《ふ》なり。故《ゆえ》に今題《いまだい》して解体新書と曰《い》う」となる（『解体新書』の原書は、オランダ語で書かれた『ターヘル・アナトミア』［解剖図譜］であった）。

学術書は純正漢文で書かれたが、公文書や書簡文は、変体漢文を交えて書かれた。例えば、一八五四年、ペリー提督が幕府と結んだ「日米和親条約」も候文だった。

第十一条　両国政府に於て、無㆑拠儀有㆑之候時は模様により合衆国官吏のもの下田《しもだ》に差置《さしおき》候《そうろう》儀《ぎ》も可㆑有㆑之。尤《もっとも》約定調印より十八ヶ月後に無㆑之候ては不㆑及㆓其儀㆒候事。

「無㆑拠儀有㆑之候時」は「よんどころなきぎこれあるそうろうとき」、「可㆑有㆑之」は「これあるべし」、「無㆑之候ては」は「これなくそうらいては」、「不㆑及㆓其儀㆒候事」は「そのぎにおよばずそうろうこと」と読む。これらは日本語風にくずした変体漢文である。

近代以前においては、漢文の素養の深さと、社会階級は、かなり連動していた。

こうした事情は、漢文の本家本元の中国でも同様だった。

純正漢文の読み書きができたのは、上流知識階級たる「士大夫《したいふ》階級」であり、中流実務階級たる商人や下役人は、「時文《じぶん》」という口語風に崩した中国版変体漢文を日常的に使った。農民や婦女子は、おおむね文字の読み書きができなかった。

例えば同じ三国志でも、上流知識階級は、純正漢文で書かれた正史『三国志』(三世紀の成立)を読めた。中流実務階級は、口語ふうの変体漢文で書かれた小説『三国演義』(十四世紀)を読んだ。農民や婦女子の大半は、漢字が読めなかったので、芝居や講談などの三国志ものを、耳で楽しんだ。

このような言語と教養の三層構造は、中国では二十世紀初頭まで続いた。

国民国家と国語

言語文化の三層構造が解消されるのは、近代に入って「国民国家」が誕生してからである。

国民国家とは、国民・国語・国軍の三点セットからなる近代国家を言う。

西欧諸国はフランス革命以降、日本は明治維新以降、中国は辛亥革命以降に、それぞれ、身分・階級を越えた「国語」を人工的に作り、それを権威あるものとして従来の高位言語に代えるようになった。

東アジアで、日本がいちはやく近代化に成功した主因は、実は、中流実務階級が、江戸時代に漢文の素養を身につけたことにある。これについては、本文中で述べることになるだろう。

ふりかえれば、二十世紀は、戦争と革命の世紀だった。社会変革の激動のなかで、上流知識階級が没落し、中流実務階級と庶民階級が次代の主導権を争う、という図式は、東アジアの漢字文化圏でも広く見られた。

日本、中国、朝鮮半島、ベトナムでも、それぞれ時期は相前後するものの、純正漢文を使う上流知識階級は、二十世紀半ばまでに解体した。それとともに、漢文も、東アジアの高位言語の地位からすべり落ちた。

漢字も、中流実務階級が人民革命によって力を失った国では全廃された。逆に、かつての中流実務階級が姿を変えていまも残っている国では、漢字も健在である。

漢字を全廃した地域……北朝鮮・ベトナム
漢字の全廃を予定していた地域……中国
漢字を極端に制限した地域……韓国
漢字を簡略化して使っている地域……日本
漢字を無制限に使っている地域……台湾・香港

例えば中国は、人民革命の熱狂が強かった一九七〇年年代までは、漢字全廃を国是とした。しかし一九七八年以降、「改革開放」という名のもとに中流実務階級がひそかに国家の実権を奪回すると、漢字全廃論も、いつのまにか立ち消えとなった。各国の漢字のありようは、それぞれの国の「革命度」のバロメーターにもなっている。

日本文明を見すえる

地球儀を手にとって東アジアをながめるたびに、よくぞこれだけユニークな国々が地球の一画に密集しているものだ、と、つくづく思う。世界人口の四分の一を占める漢字文化圏の国々は、どれも長い歴史をもち、それぞれ個性的である。

なかでも日本の漢字文化は、次の点でユニークである。

・漢字を「外国の文字」とは見なさない。
↓中国でさえ、非漢民族は、漢字を異民族の文字と見なしている。
・漢字に、音読みと訓読みがある。
↓日本以外の国では、漢字は「音読み」だけで、訓読みはない。
・一つの漢字の音読みが、複数ある。
↓日本以外の国では、漢字は一字一音が原則である。
・漢字をもとに、いちはやく民族固有の文字を創造した。
↓仮名文字の発明は、ベトナムのチュノムや朝鮮半島のハングルより早かった。
・中国に漢語を逆輸出して「恩返し」をした、唯一の外国である。
↓幕末・明治に日本人が作った「新漢語」は、現代の中国でも普及している。

漢字文化圏のなかで、いまも漢字を大々的に使っているのは、中国圏と日本だけである。朝鮮語やベトナム語は、いまも漢語に由来する語彙を大量に使っているが、ハングルやラテン文字で書き、漢字はほとんど使わない。朝鮮半島やベトナムの人々が漢字を中国の文字として認識していることが、漢字離れの一要因となっている。

なぜ日本人は、漢字や漢語を、外国のものと認識しないのか。

なぜ日本人は、中国に漢語を逆輸出するほど漢字文化を消化できたのか。

漢文という過去の知的遺産は、二十一世紀の日中関係・日韓関係を構築するうえで、何かヒントを与えてくれるのだろうか。

そうした疑問の答えは、日本人の「漢文の素養」の歴史をふりかえる過程のなかで、おのずと見つかることであろう。

第一章　卑弥呼は漢字が書けたのか

幸か不幸か

漢字に出会うまで、ヤマト民族は、文字というものをもたなかった。ヤマト民族は、文明化の入り口に立った二千年前の弥生《やよい》時代に、やっと中国の漢字と出会った。それがヤマト民族にとって幸運だったのか、それとも不運だったのか。その点については、意見が分かれる。

不運だったという意見は、例えばこうである。

――古代日本の周辺に、文字と言えるものは、漢字しか存在しなかった。そのため、日本人は否応《いやおう》なく、漢字を取り入れた。これは、その後の日本語の発展を考えると、致命的なマイナスとなった。

ヤマト民族が文明化の入り口に立った時点で、漢語はすでに高度に完成していた。そのためヤマト民族は、ちょっとでも難しく抽象的な概念は、漢語を借りてきて済ませるようになった。ヤマト民族固有の言葉である和語（やまと言葉）は、幼児のような未熟な段階で、成長するチャンスを奪われた。そして日本語は、和語と漢語が水と油のように分離したままの、世界でもまれに見る醜い言葉になってしまった。――

幸運だったと主張する人の意見は、例えばこうである。

――古代ヤマト民族が漢字と出会い、これを吸収して自家薬籠《やくろう》中のものとしたことは、幸運であった。

漢字や漢文の素養は、少なくとも、過去、二度にわたって、日本文明に奇跡的な高度成長をもたらした。一度目は、飛鳥《あすか》時代から奈良時代にかけて、二度目は幕末から明治にかけての時期である。

六世紀から本格的に漢字文化を吸収し始めたヤマト民族は、わずか二百年後の八世紀には、世界一の巨大さを誇る木造建築と金銅仏《こんどうぶつ》を奈良に建造するまでになった。この経緯は、同時代のゲルマン人が、ラテン語文化の集積知を吸収して高度成長をとげ、奥深い森を切り開いて西欧文明を築いたのと、よく似ている。

十九世紀半ば、近代西洋文明の衝撃が日本に押し寄せてきたときも、日本人は、漢字の造語力をフルに活用して、西洋文明のエッセンスをたちどころに理解した。そのおかげで、日本は、アジアでいちはやく近代化の波に乗ることができた。

また日本語は、高級な概念語は漢語で、魂にふれるようなやさしい言葉は固有語（和語）で、という二段構造をもつ。これは日本語の欠点ではなく、むしろ長所である。

西洋でも、英語などは、高級語彙はギリシャ・ラテン系の借用語で、基本語彙はゲルマン系の固有語で、という二段構造になっている。しかし、そのことによって英米人が不利をこうむっている、という話は聞かない。――

さて、実際のところ、ヤマト民族が漢字と出会い、これを消化吸収したことは、不運だったのか、それとも幸運だったのか。

遅くとも紀元前一世紀ごろには漢字に接していたヤマト民族は、六世紀ごろになって、ようやく漢字・漢文を本格的に使うようになった。なぜ、文字文化がこの国に定着するまで、五百年以上もの長い歳月を必要としたのか。

さらに、漢字文化を吸収したヤマト民族は、わずか二百年間のうちに高度成長をとげ、八世紀には「日本人」となり、訓点による漢文訓読法を確立させた。漢字文化圏のなかで、漢文訓読や漢字の訓読みを発展させたのは、日本人だけである。そして、漢字から仮名文字という音節文字を作り、近代以前としては驚異的な識字率を達成した国も、日本だけである。なぜ日本だけが、このようなユニークな文字文化の形成に成功したのであろうか。

以下、日本人の祖先と漢字・漢文のかかわりあいの歴史をふりかえることにしよう。

ヤマト民族の世界観

その昔、われわれの先祖であるヤマト民族は、漢字文化を吸収することで「日本人」になった。

そもそも「日本」「日本人」という呼称自体が、和語（やまとことば）ではなく、漢語である。義理人情など日本人の価値観、日本人の世界観といったものも、漢字や漢文から多大な影響を受けている。

一例をあげると、色彩を表す言葉もそうである。

中国人は、古来、色彩感覚に敏感な民族であった。例えば、同じミドリ色でも、

緑《りょく》　植物系の暖かいミドリ
碧《へき》　宝石のような無機質で冷たいミドリ
翠《すい》　カワセミの羽のように光かがやく高貴なミドリ

など、まったく違う語で言い分けた。

これと対照的に、古代ヤマト民族は、色彩を表す言葉をあまりもたなかった。

和語の赤は「明《あか》し」、青は「淡《あわ》し」、白は「著《しる》し」、黒は「暗《くら》し」、という明暗濃淡を示す語の転用である。現代日本語でも、明るい太陽を「真っ赤な太陽」、淡く輝く月を「青い月」などと言うのは、古代の名残である。現代日本人の目に、太陽の色がレッドに見えたり、月がブルーに見えているわけではない。

和語のミドリは、もともとは色彩ではなく触感を表す語で、和語ミヅ（水）の派生語である。例えばミドリゴ（嬰児）は、みずみずしい肌のふくよかな赤ちゃん、という触感的表現である。「緑色の赤ちゃん」という意味ではない（ちなみに「ミドリの黒髪」は、濃緑色のつやがある黒髪を意味する漢語「緑髪《りょくはつ》」の訓読語《くんどくご》で、こちらは色彩語である）。

ヤマト民族は六世紀ごろから、本格的に漢字を学び始め、漢字で自分たちの言葉を書き記すようになった。和語ミドリには、「緑」という漢字をあてた。たしかに「緑」は、みずみずしい草や木の葉の色を表すのにふさわしい漢字である。しかし、緑にはグリーンという色彩の意味もあった。その結果、いわゆる「軒《のき》を貸して母屋《おもや》を取られる」現象が起きた。触感語だった和語ミドリは、漢語の緑の意味に引きずられ、純粋な色彩語に転じてしまったのである。和語ミドリの本来の意味は、「みどりご」という熟語のなかで、「生きた化石」のように保存されることになった。

古代の和語の世界は、まるで白黒映画であった。古代ヤマト民族が、色覚異常だったわけではない。ただ、文明化される前のヤマト民族の社会生活では、鮮やかな色彩を言い分ける必要がなかった。そのため、色彩を専門に表す語が乏しかった。

ヤマト民族は、漢字や漢詩文を学ぶことで、みずからの頭の中身を改造して「日本人」になると、一転して色彩の美に熱中するようになったが、これは七世紀以降のことである。古代ヤマト民族は、色彩語だけでなく、時空把握用語も、あまりもたなかった。

例えば、時刻が早いのと、スピードが速いのとは、まったく違う概念である。英語でも「早い」はearly、「速い」はquick、と別の語を使う。しかし和語では「早い」と「速い」を区別せず、ともに「ハヤシ」の一語で済ませていた。

現代の日本語でも、口頭で「はやい」と言うと、「速い」と「早い」を混同する場合がある。御菓子の「お早めにお食べください」という注意書きを勘違いした子供が、ガツガツと「速めに」菓子を食べた、という笑い話がある。大人でも、

「明日は、いちばんハヤイ列車に乗るから、そのつもりでいてくれ」

と言われると、明日は新幹線の「のぞみ」に乗るのか、それとも、在来線の始発列車に乗るのか、一瞬考えてしまう（発言者が「青春18きっぷ」の愛用者なら、後者の意味であろう）。

また、

「うちのお父さんは、起きるのがものすごくハヤイ」

と言う場合、お父さんの職業が消防士なら「速い」かもしれない。

右のように、たまに混同する例もあるが、現代日本人が「早い」と「速い」を区別できるのも、頭のなかで漢字を思い浮かべているからである。

日本の漢字漢文の歴史を知れば、われわれの祖先である古代ヤマト民族の世界観も見えてくる。漢文は、日本人自身を見つめなおす鏡にもなる。

三千年以上前の対中関係

日本とか中国とかいう国ができる何千年も昔から、この列島と大陸のあいだには人の往来があった。

いまから二千年前に書かれた中国の『論衡《ろんこう》』という書物には、

周の時、天下太平にして、越裳《えつしょう》は白雉《はくち》を献じ、倭人《わじん》鬯草《ちょうそう》を貢《こう》す。

(原文「周時、天下太平、越裳献白雉、倭人貢鬯草」。『論衡』・儒増篇第二十六)

成王《せいおう》の時、越裳雉《きじ》を献じ、倭人暢《ちょう》を貢す。
（原文「成王之時、越裳献雉、倭人貢暢」。同・恢国篇第五十八）

などの記事が見える。周の成王の時代（紀元前十一世紀の後半ごろ）、天下は太平で、遠方の民族も来朝した。越人（いまの上海や杭州あたりに住んでいた民族）は、珍しいアルビノ（色素を欠いた白色）の雉を献上した。「倭人」もはるばるやってきて、暢草（香草の一種）を献上した。

右の記事にある「倭人」が、もし日本列島の民族を指したものであるならば、日本人の祖先は、三千年以上前から、中国と交流をもっていたことになる。

二〇〇三年五月、国立歴史民俗博物館（千葉県佐倉市）は、弥生時代の開始が従来の定説より五百年古く、紀元前十世紀に始まった、という新説を発表した。九州北部から出土した弥生式土器が作られた年代を、放射性炭素年代測定法を使って調べたところ、紀元前十世紀、という数字が導かれた。

学者たちは、殷《いん》から周への変化がアジア変動のきっかけとなったのではないか、と推測している。

周の成王は、殷を滅ぼした武王《ぶおう》の息子である。殷王朝滅亡、という大ニュースを聞いた日本人の祖先が、中国にかけつけ、周の王に挨拶をした。また、殷周交替の激震により、東アジアの諸民族が玉突き衝突のように移動した結果、日本の北九州へも、中国から水田稲作が伝わり、弥生時代が始まった。――『論衡』の記事は、三千年前のそんな動きの記録である可能性が出てきた。

このほか、日本列島の縄文時代の遺跡からは、中国大陸が起源と思われる遺物、陸稲《りくとう》や桃の種などが出土している。さまざまな状況証拠から見て、日本人の祖先が、三千年以上前から中国人の祖先と接触していたことは確実であろう。

しかし日本列島に稲作が伝わってきたあとも、文字文化は長いあいだ伝わらなかった。

古代文明と文字

世界のどこでも、古代文明は「集約農業、都市、金属器、文字」の四点セットから成り立つ。

集約農業によって人口の集中が可能になれば、都市ができる。都市ができれば、技術者や書記など、農業に直接従事しない専門家がメシを食える社会環境も生まれる。そうすれば、金属器や文字が生まれる。

高価な金属器は貧富の差をもたらし、文字は知識階級と労働者階級の分化を促す。かくて、原始的な国家が誕生することになる。

中国では、一万年前に集約農業が生まれ、五千年前に都市が生まれ、四千年前に金属器が生まれ、三千四百年前に文字が生まれた。それぞれの年代は、今後の考古学の発展によって、大幅にさかのぼる可能性がある。ただし、集約農業の誕生から文字の発生まで、数千年の歳月を要したことは確からしい。実際、古代エジプトでも、シュメールでも、それくらいかかった。

縄文人も農業を行っていたが、それは小規模な粗放農業だった。文字文化を維持できるだけの条件はなかったし、また文字をもつ必要もなかった。

北九州では、紀元前十世紀に水田稲作が始まった。日本列島の場合は、集約農業の開始から文字文化の定着まで、千数百年の歳月を要した。中東や中国にくらべれば短いが、それでも相当な歳月がかかったことになる。

日本最古の漢字

現在確認されている限りでは、日本列島から出土する最古の漢字の遺物は、約二千年前までさかのぼる。

例えば、佐賀県の吉野ヶ里《よしのがり》遺跡の、紀元前一世紀（弥生中期後半）の甕棺墓《かめかんぼ》から、前漢時代に作られた直径七・四センチの小型の連弧文鏡《れんこもん》（内行花文鏡《ないこうかもん》）が発見された。その鏡には、

久不相見、長毋相忘（久しく相見《あいみ》ざるも、長く相忘《あいわす》るること毋《な》からん）

という銘文が鋳《い》込まれていた。

——長いあいだ会えなくても、いつまでも忘れないでね！——というロマンチックな言葉である。

この鏡の持ち主である弥生人が、この漢文を読めたかどうかは不明である。

弥生時代の漢字の遺物のなかで最も有名なのは、「漢委奴国王」の金印である。

西暦五七年、倭《わ》の奴国《なこく》（いまの福岡市あたりにあった小国）の王は、はるばる中国の洛陽まで使節団を派遣した。「奴国」と書いても、奴隷の国という意味ではない。大和時代の儺《なの》

県《あがた》（現在の福岡市）の地名「ナ」という発音に、当時の中国人が「奴」という漢字をあてて表記したものと推定される。

後漢《ごかん》の初代皇帝・光武帝《こうぶてい》は、使節の来訪を喜んだ。遠方の外国人が礼を尽くして来朝することは、建国直後の新政権にとって、権威づけになる。光武帝は奴国の使節団に、気前よく「金印」を与えた。

日本列島に渡った金印は、その後の歴史のなかで、行方がわからなくなった。

天明四年（一七八四）、福岡藩の志賀島《しかのしま》（いまの福岡市東区）の水田で農作業をしていた「甚兵衛《じんべえ》」という名の農民が、偶然、土のなかから黄金の印鑑を発見した。

印面には「漢委奴国王」と書いてあった。「委」は「倭」の意味である。古代の中国では、鏡や印鑑などに文字を鋳込むときは、漢字の筆画を減らした略字（減画略字）で代用してもよい、という慣例があった。

当時の福岡藩では、「奴」という文字は卑字で屈辱的だから金印から削ってしまおう、という意見も出た。福岡藩の儒学者・亀井南冥《かめいなんめい》は、

「この『奴』の字は、奴隷という意味ではなく、『の』という意味です。これは『漢の委（倭）の国の王』と読むのです」

とウソをつき、金印を無傷のまま守り通した、という逸話が残っている。
なお、印鑑に鋳込んである「漢委奴国王」をどう読むかについては、

漢の委奴国王　（委奴国を、いわゆる「魏志倭人伝《ぎしわじんでん》」の伊都国《いとこく》に比定）

漢の倭の奴国王

の二説がある。江戸時代までは「委奴国《いとこく》」説が優勢だったが、その後は「倭《わ》の奴国《なこく》」説が定説となり、今日に至っている。

この金印とほぼ同時代に日本に伝わったと推定されるのが、「貨泉」という中国渡来の銅貨である。

貨泉は、前漢と後漢のあいだに短期間存在した王朝である新（西暦八年～二三年）の王莽《おうもう》が鋳造させた、円形方孔銭（円形の中央に正方形の穴があいたコイン）である。中央の穴をはさんで、左右に「貨」と「泉」の文字が鋳込まれている。貨泉は、新の滅亡後も、後漢の初めまで貨幣として流通していた。しかし光武帝の建武《けんむ》十六年（西暦四〇年）、あらたに後漢五鉄銭《ごしゅせん》が発行されたため、中国本土では行用《こうよう》が停止された。

貨泉は、日本各地の弥生遺跡からも出土している。当時、日本ではまだ貨幣経済は成立していなかった。各地の首長は、富と権勢を示す威信材として貨泉を保有していたのかもしれない（銅鐸《どうたく》など青銅器の材料として貨泉を輸入した、と推定する説もある）。

岡山市の高塚遺跡からは、穴に埋められた二十五個もの貨泉が出土したが、これは例外で、弥生時代の各地の遺跡から出土する貨泉は、一つか二つていどである。

連弧文鏡、金印、貨泉――二千年前の日本最古の漢字遺物は、奢侈《しゃし》品の金属器である。漢字は最初、実用的な文字ではなく、威信材として入ってきたのである。

漢字はファッションだった

遅くとも二千年前までには、日本列島に、漢字を書いたモノが伝来していた。ただし、当時のヤマト民族が漢字の意味をちゃんと認識していたかどうかは、不明である。

二世紀から四世紀にかけての遺跡からは、日本人の祖先が書いたとおぼしき「漢字」の遺物も、いろいろと出土している。いずれも西日本の遺跡である。

いくつかその例をあげよう。

「奉」　二世紀前半。三重県安濃《あのう》町（現・津市）大城遺跡出土。高坏《たかつき》の脚部破片の線刻。

不鮮明でわかりにくい。あるいは「奉」ではなく、「幸」ないし「年」、「与」などと書くつもりだったのかもしれない。


「山」　三世紀ごろ。鹿児島県種子島《たねがしま》の廣田《ひろた》遺跡出土。埋葬された人骨に着装されていた貝札《かいさつ》の陰刻《いんこく》。

貝札に「山」と書いてあるからといって、被葬者の名前がヤマさんだった、と即断してはならない。「山」は、「仙」の減画略字である可能性もある。弥生人は、呪文の記号として、この字を貝に刻んだのかもしれない。


「竟」　三世紀半ば。福岡県前原《まえばる》市三雲《みくも》遺跡出土の、甕《かめ》の口縁部の線刻。

これは「鏡」の減画略字であろう。甕の縁に、カガミという文字を書いた弥生人のセンスは謎である。銅鏡も甕も、形は円《まる》い。卑弥呼と同時代人であるこのご先祖様は、漢字の意味をよく知らぬまま、円いものには「竟」と書くものなのだ、と早合点していた可能性もある。

「田」　四世紀初め。三重県松阪市片部遺跡出土の、流水路跡の小型丸壺の土器の口縁部の墨書。

流水路と「田」は少しは関係があるが、だからと言って「これは田んぼの近くで使う土器です」といちいち書く必要はなかろう。「田」という正方形の字形は、簡単にまねできるので選ばれただけかもしれない。

「田」　四世紀初め。熊本県玉名《たまな》市の柳町遺跡の井戸から出土した、木製短甲《たんこう》の棒状留め具の黒い痕跡。留め具の装着面に、五個の「田」が書かれていた。これも意味不明。

古代ヤマト民族は、漢字を、文字というより、ファッショナブルなマークのようなものとして認識した可能性がある。今日でも、非漢字圏の外国へ行くと、漢字やひらがなを模倣したとおぼしき意味不明の記号をプリントしたTシャツなどを見かける。

四世紀初頭までの漢字の遺物は、いずれも出土品であり、伝世品は皆無である。

中東では、最古の文字遺物は、交易や税金などについての行政・経済文書であり、伝達媒体であった。中国では、最古の漢字である甲骨文字は、権力者の威信材であり、記録媒体であった。

日本列島の文字遺物を見ると、文字は、伝達媒体でも記録媒体でもなく、一種の装飾としてのみ使われていたようである。つまり四世紀ごろまで、日本列島では、本格的な文字文化は定着していなかったらしい。

卑弥呼は漢字が書けたか

三国志の英雄・諸葛孔明《しょかつこうめい》が亡くなった数年後。倭国からの使者が、はるばる中国に渡り、魏《ぎ》の皇帝に朝貢した。その年次については、景初《けいしょ》二年（二三八）説と、景初三年（二三九）説の二つがある。

いわゆる「魏志倭人伝」（正確には、正史『三国志』魏書・烏丸鮮卑東夷伝《うがんせんびとうい》第三十の倭人の条、と言う）によれば、その使節を派遣した倭の女王の名前は「卑弥呼」で、彼女が統治する国の名前は「邪馬壹国《やまいっこく》」だった。「邪馬壹国」は「邪馬臺国《やまたいこく》」の誤記と推定される（臺は、現代日本の常用漢字では「台」。以下、「邪馬台国」と表記する）。

邪馬台国は謎だらけである。九州にあったのか、近畿地方にあったのかさえ、日本人は記憶していない。

そもそも「卑弥呼」や「邪馬台国」が、倭人の自称だったのか、それとも当時の中国人が勝手にそういう漢字をあてたのか、どちらなのかもわからない。

歴史の教科書などでは、卑弥呼を「ひみこ」、邪馬台国を「やまたいこく」と読むが、これは、現代日本語の漢字音を適当にあてて、そう読んでいるだけで、学問的な根拠はない。卑弥呼は、三世紀当時の中国漢字音で読めば「ピエ・ミエ・フォ」、後世の万葉仮名《まんようがな》の読みかたを仮にあてはめれば「ひみを（古代日本語での発音はpimiwo）」とも読める（万葉仮名とは、漢字を仮名のように用いて日本語を表記する方法。六世紀ごろから用いられ始め、八世紀の『万葉集』でも多用された）。いずれにせよ、彼女の呼称が、現代日本語の漢字音ヒミコ（himiko）と違う発音であったことは確実である。「やまたいこく」も同様である。邪馬台は和語ヤマトの音写である可能性もあるが、よくわからない。

卑弥呼や邪馬台国という漢字表記で、一番の謎は、これらが好字（佳字《かじ》とも言う）か卑字か、ということである。

表意文字である漢字には、よいイメージをもつ好字と、悪いイメージをもつ卑字がある。中国人は、外国語の地名・人名を漢字に直すとき、その国や人物に対する評価を込めて、好字と卑字を使い分ける。

現代中国の例をあげると、日本の小泉総理の姓は、反日デモのプラカードでは、よく「小犬」と書かれる。中国語で「泉」と「犬」は同音（ともにチュアン）で、「小」も「犬」も卑字である。いっぽう、中国人が好む外国のキャラクターには、好字があてられる。例えばドラえもんは、中国語では「多拉Ａ夢《ドウオラーエーモン》」と書く。「拉」（引っぱる）は、卑字でも好字でもない中立の漢字だが、多、Ａ、夢は好字である。

もし、邪馬台国時代の日本人が漢字に精通していたら、自称としての漢字表記に、好字を使ったであろう。しかし「魏志倭人伝」に出てくる日本列島の地名・人名の漢字の字面《じづら》をながめると、好字より卑字が多い、という印象を受ける。

例えば、「魏志倭人伝」は、卑弥呼と対立した人物として、「狗奴国《くなこく》」の「狗古智卑狗《くこちひく》」という名をあげる。古・智は好字だが、狗・奴・卑は卑字で、全体としては獰猛《どうもう》な蛮族という印象を与える。一説に、狗奴はクマの音写で、「狗古智卑狗」は、現在の熊本県菊池《きくち》市にいた豪族キクチヒコの発音を漢字で写したもの、と推定されている。

後世の日本人自身による漢字表記では、クマは球磨、キクチは菊池、である。

「狗奴国の狗古智卑狗」と「球磨国の菊池彦」では、字面の印象は大違いである。狗古智卑狗が本当に菊池彦だったかどうかはさておき、もし当時の日本人が漢字をマスターしていたなら、暴走族の自称ではあるまいし、「卑」や「狗」を含む漢字表記は避けたろう。

このことから考えても、三世紀当時の日本列島に、まだ漢字文化は根付いていなかったとするほうが適切である。「魏志倭人伝」に出てくる地名・人名の漢字は、中国人か、あるいは朝鮮民族の祖先があてた「他称」であろう。

邪馬台国にも、漢字を知っている通訳官はいたかもしれない。しかし、卑弥呼も含め、普通の日本人は、漢字の読み書きができなかったのであろう。

倭も卑字

そもそも中国人が日本人の祖先を呼んだ「倭」という呼称も、卑字である。「倭」は、「委」と「人」を組み合わせた漢字だが、「委」は「萎《い》」「矮《わい》」、つまり、萎《な》えるとか矮小《わいしょう》という意味にも通じる。

後世、日本人が、「倭」から「和」とか「日本」という自称に切り替えた理由も、ここにある。八世紀以降、中国や朝鮮でも「倭」を「日本」と呼び換えるようになった。ただし、彼らは日本人を罵《ののし》る場合に限って、「倭寇《わこう》」「倭兵」「倭奴」など、倭という蔑称を後世も用いた。

日本人に限らず、中国の周辺の民族の名前は、中国人から卑字で表記されるのが常だった。「匈奴《きょうど》」は「そうぞうしいやつら」の意である。「高句麗《こうくり》」は、ク・コル（大いなる都城）という高句麗語の発音を漢字に写したものと推定されるが、句は狗《く》、麗は驪《り》（馬に乗った蛮族）に通じる。

もっとも、現代日本人も、「痴漢」「悪漢」など、悪い意味の言葉に、漢民族の「漢」をあてているので、あまり文句は言えない。「漢」を「おとこ」の意味に使うのは、紀元前二世紀、遊牧民族の匈奴が、漢王朝の兵士を指して「漢」と呼んだことに始まる。

言霊思想が漢字を阻んだ

日本人は昔から、外国の文物を模倣し、摂取《せっしゅ》する能力に長《た》けた民族である。しかし、こと文字に限って言えば、古代ヤマト民族は、長いあいだ文字文化を摂取しなかった。当時、東アジアで文字と言えば漢字しかなかったから、漢字文化を摂取しなかった、と言い換えてもよい。

これは、文字を学ぶ能力がなかった、というより、意図的に文字を学ばなかった可能性がある。

筆者が思うに、古代ヤマト民族の「言霊思想《ことだま》」が、文字文化の輸入を阻《はば》んだのではないか。

そもそも、和語では、「言《こと》」と「事《こと》」を区別せず、ともにコトと言った。すべての言葉には霊力があり、ある言葉を口にすると、実際にそういう事件が起きる、と古代人は信じた。例えば「死ぬ」という言葉を口にすると本当に「死」という事実が起きるし、自分の本名を他人に知られると霊的に支配されてしまう、と恐れられていた。

このような迷信を、言霊思想という。

八世紀の『万葉集』の歌人たちは、和歌のなかで、日本を「言霊の幸《さき》はう国」「事霊《ことだま》（言霊に同じ）のたすくる国」「言挙《ことあ》げせぬ国」と詠んだ。こうした自覚は、弥生時代のヤマト民族にもあったであろう。

そんな言霊思想をもつ古代ヤマト民族にとって、異国から伝来した文字は、まるで、言霊を封じ込める魔法のように見えたにちがいない。幕末に西洋から写真技術が入ってきたときも、「写真に撮られると魂を抜かれる」という迷信を信じた日本人は、多かった。何千里も遠く離れた人や、数百年も前に死んだ人のメッセージも正確に伝える文字というものに対して、古代ヤマト民族が警戒心を懐《いだ》いたとしても、不思議はない。

古代のヤマト民族の社会は、文字がなくてもやってゆけたろう。先祖の事件や物語は、記憶のプロである語り部が暗誦《あんしょう》すれば事足りた。稲束の量を記録する場合は、縄の結び目を使う「結縄《けつじょう》」で間にあった。中国や朝鮮半島との往来には、漢字が必要となったかもしれないが、それは少数のスペシャリストの仕事であり、民衆の日常生活とは関係がなかったはずである。

文字記録に対する抑制、という現象は、どの民族にもあった。

例えば、古代インドでも、崇高《すうこう》な教えは文字として記録してはいけない、という社会的習慣があった。釈迦《しゃか》の教えも、弟子たちはこれを文字に記録せず、口から口へと伝えた。釈迦の教えを文字にした成文経典ができあがるのは、釈迦の入滅後、数百年もたってからのことである。現存する仏教の経典の多くが、梵語《ぼんご》で「エーヴァム・マヤー・シュルタム」（このように私は聞いた。漢訳仏典では「如是我聞《にょぜがもん》」）という言葉で始まるのは、こういうわけである。

西洋でも、崇高なものは文字に写してはいけない、という発想があった。例えば、『旧約聖書』の神の名前も、その正確な発音を文字に写すことを禁じられたため、YHWHという「聖四文字」（ラテン語でテトラグラマトン）の子音しか伝わらず、どう母音をつけて読むか、不明になってしまった。十三世紀以降、キリスト教では「エホバ」と読む習慣ができたが、現在ではヤハウェと読む学説が有力である。

八百万《やおよろず》の神を信仰していた古代ヤマト民族にとっては、森羅万象《しんらばんしょう》が、宗教的な意味をもっていた。こうした世界観が、漢字漢文の日本への定着を阻む要因となっていた可能性がある。

中島敦《なかじまあつし》の短編小説『文字禍』は、古代人の文字観を描いた傑作である。作者は、前七世紀のアッシリアの老博士の口吻《こうふん》に託して、文字の「言霊」の害悪を述べる。

「獅子《しし》という字は、本物の獅子の影ではないのか。それで、獅子という字を覚えた猟師は、本物の獅子の代りに獅子の影を狙い、女という字を覚えた男は、本物の女の代りに女の影を抱くようになるのではないか」

「書洩《かきも》らし？　冗談ではない、書かれなかった事は、無かった事じゃ。芽の出ぬ種子は、結局初めから無かったのじゃわい。歴史とはな、この粘土板のことじゃ」

「此《こ》の文字の精霊の力程《ほど》恐ろしいものは無い。君やわしらが、文字を使って書きものをしとるなどと思ったら大間違い。わしらこそ彼等《かれら》文字の精霊にこき使われる下僕《しもべ》じゃ。しかし、又、彼等精霊の齎《もたら》す害も随分ひどい。わしは今それに就《つ》いて研究中だが、君が今、歴史を誌《しる》した文字に疑《うたがい》を感じるようになったのも、つまりは、君が文字に親しみ過ぎて、其《そ》の霊の毒気に中《あた》ったためであろう」

中島の作品はフィクションだが、文字文化がもつ落とし穴を、よく描いている。古代ヤマト民族も、「文字の精霊にこき使われる下僕」になる危険性を本能的に嗅《か》ぎとり、漢字文化の摂取を躊躇《ちゅうちょ》したのかもしれない。

仁徳天皇陵の謎

古代エジプトでは、墓室のなかに墓誌を書いた。古代中国でも、墓誌や墓碑銘は、それだけで文学の一ジャンルをなすほど盛んだった。

ところが古代ヤマト民族は、墓誌銘を嫌った。弥生時代の甕棺から漢字を鋳込んだ鏡は出土しても、被葬者の名前を漢字で書いた甕棺は出てこない。三世紀半ばから古墳が造営されるようになったが、古墳の墓室内に被葬者の名前や事跡を文字で書き記すことはなかった。

大阪府堺市にある大山古墳《だいせんこふん》は、日本一の巨大な前方後円墳である。エジプトのクフ王のピラミッド、古代中国の秦《しん》の始皇帝陵とあわせて、世界三大陵墓の一つに数えられる。驚くべきことに、この大山古墳の被葬者が誰か、不明なのである。一昔前までは「仁徳天皇陵《にんとく》」と考えられていたが、今日では、大山古墳の被葬者は不明で、少なくとも仁徳天皇ではない、という見解が定説化している。

なぜ学者がそう考えるかというと、埴輪《はにわ》や須恵器《すえき》（土器の一種）の形式に着目して各古墳の建造年代を推定した結果と、『古事記』『日本書紀』が伝える歴代天皇の順番が、あわないからである。大山古墳は五世紀の造営と推定されているが、もしこれを仁徳天皇陵と見なすと、他の巨大古墳の推定造営年代と、矛盾が生じてしまうのだ。

五世紀の日本（当時はまだ「倭国」と呼ばれていた）には、すでに高度な漢文を書く能力をもつ書記官が存在していた。例えば、いわゆる「倭の五王」が中国の南朝に派遣した使者は、中国の皇帝に、堂々たる純正漢文の上奏文を渡している。五世紀当時の倭国の大王は、その気になれば、古墳の被葬者の名前を、墓誌銘なり石碑なりで明示することは簡単だったはずだ。古代の天皇陵の大半は過去に盗掘に遭い、副葬品がもち出されたが、墓誌銘が見つかったという記録は残っていない。

日本では、たった千五百年前の古墳でさえ、その被葬者を確定できない。対照的に、エジプトでは、四千年前の陵でも、ちゃんと被葬者の名前がわかる。墓のなかにびっしりと、ヒエログリフ（エジプトの象形文字）で文字が書いてあるからである。もっとも、古代エジプト人も、迷信のせいで、ずいぶん神経を使った。墓室内にヒエログリフを書く場合、猛獣をあらわす文字は二つに断ち切って書く、という妙な風習もあった。これは、ヒエログリフで描かれた猛獣の「言霊」が文字から抜け出して、遺体に害をなすことを避けるための呪法であったらしい。

三世紀の邪馬台国の所在が今日も不明なのも、その場所が示されていないからだ。すでにその候補地となる遺跡はいくつも発見されているのだが、「ここが邪馬台国です」とか「ここが卑弥呼の墓です」と文字で書いた遺物なり碑文が出土する可能性は、今後も期待できない。

古代ヤマト民族の社会において、文字は「威信材」であり、「生産財」ではなかった。文字は、銅鐸や銅鏡と同じく、権力者のステイタスを高めるためのもので、一般人の生活を支える生産財ではなかった。

もし、単に漢字の字形をまねることをもって漢字の受容と見なすのであれば、日本人は、弥生時代から文字時代に入った、と言うことができる。ただ、日本人自身が、自分たちの事跡を漢字で記録することはなかった。その意味で、真の漢字文化は、四世紀ごろまでの日本には存在しなかった。

第二章　日本漢文の誕生

七支刀の時代

和語では、外国をカラ（漢字は唐・韓など）、外国人をエビス（漢字は胡子・夷・蛭子・恵比須など）と言った。

カラは、もともと朝鮮半島南部に存在した加羅という国を指す言葉だった。古代日本にとって、加羅は、中国や朝鮮への玄関だった。そのため、外国一般をカラと呼ぶようになった。カラを抜きにして、古代日本を語ることはできない。漢字文化もまた、カラから日本にもたらされたものの一つである。

四世紀ごろ日本列島をあるていど統一した大和朝廷は、余勢をかって、四世紀後半にはカラ（朝鮮半島）まで出兵した。四一四年に建造され、いまも中国と朝鮮の国境に立っている「広開土王碑《こうかいどおう》」（好太王碑《こうたいおう》ともいう）という石碑には、

百残新羅旧是属民由来朝貢而倭以辛卯年来渡□破百残□□新羅以為臣民

という一節がある（□は、経年劣化による欠字の部分）。この漢文の解釈については諸説が

あるが、
「百残《ひやくざん》・新羅《しらぎ》は、旧《もと》より是《こ》れ属民《ぞくみん》にして、由来朝貢《ゆらいちようこう》す。而《しか》して倭、辛卯《しんぼう》の年を以《もつ》て来《きた》り、□を渡り百残□□新羅を破り、以て臣民と為《な》す」
と訓読し、――百残（百済《くだら》に対する高句麗《こうくり》側の蔑称）と新羅は、我が高句麗の属民であり、朝貢してきた。しかし、辛卯の年（三九一年）から、倭が□（海？）を渡ってやってきて、百残・□□（任那《みまな》？）・新羅を破り、倭の臣民とした。――という意味に解釈する説が、有力である。

日本側の記録でも、『古事記』や『日本書紀』には、応神《おうじん》天皇の母・神功《じんぐう》皇后の「三韓征伐」のことが見え、高句麗側の記録と符合する。ただし、その史実性には疑問がある。「広開土王碑」や「三韓征伐」については、日韓両国のナショナリズムがからむため、今日でも学者が冷静に研究しにくい雰囲気がある。

四世紀後半の朝鮮出兵の結果、朝鮮半島から、漢字の文物が日本に渡ってきた。

その一つが、有名な「七支刀《しちしとう》」である。

奈良県天理《てんり》市に、石上《いそのかみ》神宮という古くからの神社がある。ここは、古代の大和朝廷の武器庫だったとも言われる。この石上神宮の神庫《ほくら》に、不思議な形をした「六叉《ろくさ》の鉾《ほこ》」と呼ばれる武具が秘蔵されていた。明治六年（一八七三）、この錆《さび》だらけの「鉾」の両面に、六十一文字の金象嵌《きんぞうがん》の銘文が刻まれていることが発見され、これが伝説の「七支刀」（「七枝刀」とも書く。「しちしとう」ないし「ななつさやのたち」）である可能性が出てきた。『日本書紀』神功皇后摂政五十二年の条には、百済から「七枝刀」が献上された、という記事を載せる。その後行方不明だったこの刀が、千数百年後に発見されたわけである。

七支刀の銘文は、伝世品の漢文としては、日本最古のものである。金象嵌の銘文は、錆《さび》による腐食のため、ところどころ読み取れなくなっている。文字の判読・復元および解釈は、学者によって説が分かれ、いまだ定説がない。例えば、

表「泰和四年五月十六日丙午正陽造百練鋼七支刀□辟百兵宜供供侯王□□□□作」

裏「先世以来未有此刀百済王世子奇生聖音故為倭王旨造伝示後世」

と復元したうえで、

「泰和《たいわ》四年（東晋《とうしん》の太和四年＝三六九年）、五月十六日丙午正陽《へいごせいよう》、百練《ひゃくれん》の鋼《はがね》の七支刀を造《つく》る。出《すす》みて百兵を辟《しりぞ》く。供供《きょうきょう》たる侯王《こうおう》に宜《よろ》し。□□□□の作なり」

「先世以来、未《いま》だ此《かく》のごとき刀《かたな》有《あ》らず。百済王《くだらおう》の世子《せいし》奇《き》は、生まれながら聖音あるが故に、倭王旨の為に造りて後世に伝え示すものなり」

と訓読することもできるが、これとまったく違う読みかたをする説も多い（詳しくは村山正雄『七支刀銘文図録』を参照）。

文意は不明瞭ながら、伝世品として残る最古の漢字遺物は、この七支刀である。日本は、四世紀後半に有史時代の入り口に立った、と言うことができる。

王仁と『千字文』

七支刀が、百済から倭王への「献上品」だったのか、それとも「下賜品《かしひん》」だったのか、それとも対等の関係での「贈答品」だったのか。七支刀の銘文からだけでは、それはわからない。

ただ一つ確かなことは、国の上下関係はひとまずおき、当時の百済は日本と親密な関係にあった、ということである。

伝承によると、日本に最初に漢字文化をもたらしたのは、王仁《わに》という百済人であった。奈良時代に成立した『古事記』によると、応神天皇（在位四世紀末～五世紀初めごろ？）は、百済の国に対して「もし賢い人材がいたら献上せよ」と命じた。百済は和邇吉師《わにきし》（『日本書紀』では「王仁」）という人物に『論語』十巻、『千字文《せんじもん》』一巻をつけて日本に送ってきた、という。

『論語』も『千字文』も、当時の中国では、子供の漢字の手習いの教材として使われていた。今日ふつうに『千字文』と言えば、梁《りょう》の周興嗣《しゅうこうし》（四七〇～五二一）が編んだ「天地玄黄、宇宙洪荒」の二句で始まる『千字文』を指す。王仁の時代、まだ周興嗣版『千字文』は存在しなかったので、彼が日本に持ち込んだのは、別の並べかたの『千字文』だった、ということになる。

王仁の伝承が史実かどうかはさておき、注目すべきは、『古事記』の記述の謙虚さである。孔子の言行録である『論語』はともかく、『千字文』のような子供用の学習教材を政府間レベルで輸入した、などと歴史書で公言している国は、世界史上、日本くらいである。「日本人は頭がよいから、漢字も自然にマスターした」などというウソを、昔の日本人はつかなかった。

もっとも、さすがに『日本書紀』のほうでは、王仁が日本に漢学を伝えたことを記すのみで、『千字文』という書名はあげていない。『古事記』と違い、『日本書紀』は中国や朝鮮の人々にも読んでもらうという、国威発揚の編纂《へんさん》意図があるからである。

王仁は日本語も巧みで、

難波津《なにわづ》に咲くやこの花冬《はなふゆ》ごもり今は春べと咲くやこの花

という、有名な和歌を詠んだと伝えられる。

この「難波津の歌」は、和歌の基本中の基本とされ、古くから手習いの教材になった。万葉仮名で「難波津の歌」を記した木簡は、上の句を書いた七世紀末の木簡が徳島市の観音寺遺跡から、下の句まで書いた八世紀初めのものが藤原京跡（奈良県橿原《かしはら》市）から、それぞれ出土している。古代の日本人で、この和歌を知らぬ者はいなかった。十世紀の『古今《こきん》和歌集』仮名序で、紀貫之《きのつらゆき》は、「難波津の歌」を和歌の父母のようなもの、と評している。

王仁は日本に定住し、その子孫は文首《ふみのおびと》（書記の長）である西文《かわちのふみ》氏となった。今日でも、大阪には、王仁のものと伝えられる墓「伝王仁墓」が残っている（大阪府枚方《ひらかた》市藤阪東《ふじさかひがし》町二丁目）。

これらの伝承の真偽は不明だが、一つ言えることは、古代の日本人は外国人に対する偏見をあまりもたず、国籍や国境に対する概念も大らかだった、ということである。

日本漢文の誕生

日本人が書いた漢文を「日本漢文」と呼ぶ。朝鮮民族が書いた漢文を「朝鮮漢文」、ベトナム人が書いた漢文を「ベトナム漢文（越南漢文）」と呼ぶのと、同様の呼称である。

漢文の文体は、古典語としての規範を正しく守った「純正漢文」と、口語や現地語の影響を受けた「変体漢文」に分かれる。

日本漢文にも、純正漢文と、変体漢文の二種類がある。日本の変体漢文を、特に「和化漢文」と言うこともある。

吉野ヶ里遺跡の前一世紀の連弧文鏡や、四世紀の七支刀の銘文は、まだ「日本漢文」とは呼べない。なぜなら、それらは国外（中国ないし朝鮮半島）で作られ、日本に持ち込まれた可能性が高いからである。

真の意味での「日本漢文」と呼べるのは、日本列島で書かれた漢文、および、国外で日本人が書いた漢文に限る。

四世紀末、カラから、特殊技能をもった人間が続々と日本列島に渡ってくるようになった。

彼らのことを、日本史では「帰化人」とか「渡来人」と呼ぶ。国境や国籍という概念がまだなかった時代なので、「帰化」より「渡来」という呼称のほうが適切である、という意見もあり、今日では渡来人と呼称するほうが多い。

渡来人は、大和朝廷からしかるべき地位を与えられ、それぞれの技能に応じた職業集団を作った。例えば、秦の始皇帝の子孫を自称する渡来人は秦氏《はたうじ》、漢の劉邦《りゅうほう》の子孫を自称する集団は漢氏《あやうじ》と名乗った。ハタとかアヤという訓《よ》みは、彼らが機織《はたおり》や綾錦《あやにしき》の新技術をもってきたことに由来する。ちなみに、人名の服部をハットリと読むのは、古代のハタオリベ（機織部）の転訛《てんか》が語源となっている。

王仁のように、漢字の読み書きに長じた渡来人は、文書の読み書きを担当する史部《ふひとべ》となった。

当時の東アジアでは、文字と言えば漢字だけで、文章を書くとなれば漢文を書くしかなかった。これは、現代の英語の状況と少し似ている。

今日の南アジアや東南アジアでは、現地語の文法や語法の影響を受けたインド英語やフィリピン英語、ピジン英語などが使われている。インテリ層や外交官は、国際的に通じる「純正英語」を使う。しかし、中流実務階級は、国内的なビジネスなどの場で、現地化した「変体英語」を使う。方言差が大きく「国語」が普及していない国では、同国人どうしでも、母語より変体英語を使うほうが便利な場合が多いのだ。

五世紀の日本も、同様であったろう。史部は、対外的な外交文書などでは純正漢文を書いたが、国内向けの文書では和化漢文を用いた。日本漢文は、その登場の当初から、純正漢文と変体漢文の二種類の使い分けがなされていたのである。

五世紀の史部が書いた和化漢文のなかで最も有名なのは、「稲荷山《いなりやま》古墳出土鉄剣銘」である。これは、埼玉県行田《ぎょうだ》市の古墳から出土した錆だらけの鉄剣を、一九七八年にエックス線で再調査したときに発見されたものである。剣の表と裏に、百十五字の漢文が金で刻まれ、そのなかに雄略《ゆうりゃく》天皇の名前が確認されたため、「世紀の発見」と騒がれた。

表「辛亥年七月中記乎獲居臣上祖名意富比垝其児多加利足尼其児名弖已加利獲居其児名多加披次獲居其児名多沙鬼獲居其児名半弖比」

裏「其児名加差披余其児名乎獲居臣世々為杖刀人首奉事来至今獲加多支鹵大王寺在斯鬼宮時吾左治天下令作此百錬利刀記吾奉事根原也」

通説では、冒頭の辛亥年《しんがいねん》を四七一年と見なし、「獲加多支鹵大王」を「ワカタケル大王」すなわち雄略天皇と解釈する（異論もある）。この漢文の読みかたには諸説があるが、次にその一例を示す。

　辛亥年七月中に記《しる》す。乎獲居臣《おわけのおみ》の上祖の名は意富比垝《おおひこ》、其の児は多加利足尼《たかりすくね》、其の児の名は弖已加利獲居《てよかりわけ》、其の児の名は多加披次獲居《たかひしわけ》、其の児の名は多沙鬼獲居《たさきわけ》、其の児の名は半弖比《はてひ》、其の児の名は加差披余《かさひよ》、其の児の名は乎獲居臣（冒頭の人名に戻る）。世々《よよ》、杖刀人《じょうとうじん》（タチモツヒト？　タチハキトヨミ？）の首《おびと》と為《な》る。事《つか》え奉《まつ》り来《きた》りて今に至る。獲加多支鹵《わかたける》大王の寺《とき》（時の減画略字）、斯鬼《しき》の宮《みや》に在《あ》る時、吾《われ》、天下《てんか》を治むるを左《たす》く（佐《たす》く、の減画略字）。此《こ》の百錬の利刀を作らしめて、吾《われ》の事《つか》え奉《まつ》る根原《こんげん》を記《しる》すなり。

となる。大意は――辛亥の年（西暦四七一年）の七月に、この文を書き記す。われらオワケ（後世の漢字では雄別・尾別などと書く）の一族は、近畿地方の国つ神の一人である大彦《おおひこの》命《みこと》を初代とし、第二代タカリスクネ、第三代……（中略）……第八代オワケノオミまで八代にわたる代々の当主たちは、みな武人の頭領をつとめていまに至る。雄略天皇の時代には、われらはシキ（不明。あるいは奈良の磯城《しき》のことか？）の宮にあって、天下統一を補佐した。我が一族の功績を記念するために、この名刀を作らせた。――

右の「稲荷山古墳出土鉄剣銘」は、和化漢文である。もし純正漢文ならば、「奉事来至今」や「記吾奉事根原也」など、日本語の表現に引きずられたようなモタモタした表現は使わないであろう。

また、漢字の「訓読み」の萌芽が存在したことを暗示するような漢字の使いかたも、散見される。例えば「乎獲居臣」や「斯鬼宮」は、それぞれ「おわけシン」「シキキュウ」ではなく、「おわけのおみ」「しきのみや」と、訓読みさせるつもりだった可能性がある。

なお、現代日本語の漢字音では、乎獲居は「コカクキョ」、意富比垝は「イフヒキ」などと読む。しかし、五世紀の日本では、より古い時代の中国漢字音をまねていたと思われるので、それぞれ「ヲワケ（現代かなづかいならオワケ）」「オホヒコ（現代かなづかいではオオヒコ）」と読むのである。五世紀の乎獲居を「ヲワケ」と読むならば、三世紀の卑弥呼はなおさら「ヒミヲ」と読むべきなのだが、そんな読みを採用している歴史教科書はない。

倭の五王の漢文

五世紀の「稲荷山古墳出土鉄剣銘」は和化漢文だったが、これと同時代に書かれた「倭王武の上奏文」は、中国の皇帝に差し出された外交文書であり、純正漢文で書かれていた。中国の史書『宋書《そうしょ》』（四八八年に成立）の「倭国伝」には、倭の王が五代にわたって、永初二年（四二一）から昇明二年（四七八）まで、およそ十回ほども中国大陸の南朝に朝貢した、という記事を載せる。これがいわゆる「倭の五王」の記録である。

中国の史書で讃、珍、済、興、武と記される五人の王が、それぞれ日本のどの天皇を指すかについては、いまだ諸説紛々として定説がない。注目すべきことに、倭の五王の中国名は、どれも好字である。「魏志倭人伝」の人名が卑字だらけなのとは大違いである。おそらく、これらの漢字名は日本側が選んだものなのであろう。

五王の最後の武は、雄略天皇の国風諡号《しごう》「大泊瀬《おおはつせ》幼武《わかたけるの》天皇《すめらみこと》」のタケル（武）を指す、という説が有力である。なお「雄略」という漢風諡号（おくりな。貴人の死後、その生前の行いを尊んで贈る名前）は、七六二年ごろ淡海《おうみの》三《み》船《ふね》がつけたものである（一一九ページ参照）。

応神天皇の国風諡号は誉田天皇《ほむたのすめらみこと》（『日本書紀』）ないし品陀《ほむた》和気命《わけのみこと》（『古事記』）である。倭王「讃」は、和語ホム（誉む。称讃する）の漢字訳である可能性がある。

五王の時代には、倭国側でも、漢字や漢文に精通した人材を確保していたようだ。『宋書』の記載によると、倭王武（おそらく雄略天皇）は、昇明二年（四七八）、宋の順帝に使節を派遣して、次のような純正漢文による国書を送ったという。その一部を引用すると、

封国偏遠、作藩于外。自昔祖禰、躬擐甲冑、跋渉山川、不遑寧処。東征毛人五十五国、西服衆夷六十六国、渡平海北九十五国。王道融泰、廓土遐畿。累葉朝宗、不愆于歳。

右を訓読すれば、

封国《ほうこく》は偏遠《へんえん》にして、藩《はん》を外に作る。昔の祖禰《そでい》より、躬《みずか》ら甲冑《かっちゅう》を擐《つらぬ》き、山川《さんせん》を跋渉《ばっしょう》し、寧処《ねいしょ》に遑《いとま》あらず。東のかた毛人《もうじん》を征すること五十五国、西のかた衆夷《しゅうい》を服すること六十六国、渡りて海北を平《たいら》ぐること九十五国。王道融泰にして、土《と》を遐畿《かき》に廓《ひら》く。累葉朝宗《るいようちょうそう》して、歳《とし》に愆《あやま》たず。

大意は――我が国は、中国の藩屏《はんぺい》をなす属国として、辺境の地にございます。我が祖先は、昔から甲冑に身をかため、山川をめぐって休むまもなく国内統一を推し進めました。その結果、東の未開人の国を五十五カ国、西の蛮族の国を六十六カ国、海を越えて北進し朝鮮半島の九十五カ国を平定し、はるか遠方の地域にまで、あまねく、中華の王化の徳が及ぶようにいたしました。そして中国への朝貢を欠かしませんでした。――

自国のことを「封国《ほうこく》」、すなわち中国の皇帝から冊封を受けた属国、と自称するのは、現代人から見れば卑屈な態度である。ただ当時の外交慣例として、中国の皇帝に国書を受けとってもらうためには、臣従の礼を尽くす必要があった。

この文章は、修辞や語法の面で見ても、非の打ちどころがない純正漢文である。中国語で音読するとよくわかるが、目で漢字を拾うだけでも、四字句を多用する美文調の文章であることがわかるであろう。このような美文調の文体を「四六駢儷文《しろくべんれいぶん》」と言う。当時の中国では、このような美文調の漢文が流行していた。倭の書記官は、そのあたりのことも、よく知っていたのである。

日本漢文の政治性

世界の諸民族における文字文化の起源を探ると、地域によって、政治・経済・文化のどれが契機《けいき》となったか、傾向が分かれることに気づく。

古代の中東では、経済が文字普及の原動力となった。中東の遺跡から出土する古拙《こせつ》文字や楔形《せっけい》文字の粘土板は、交易や収穫など経済活動を記録したものが多い。

ヨーロッパでは、文化（宗教）が文字普及の契機となった。ゲルマン民族にラテン文字が、スラブ民族にキリル文字が広まったのも、キリスト教の宣教師による布教が一つの契機となっていた。

古代日本では、政治・外交が文字普及の要因となった。七支刀も、稲荷山鉄剣も、倭王武の上奏文も、軍事的・政治的な思惑が濃厚である。

また、世界史を振り返ると、外国の侵略者によって文字文化が持ち込まれた、という地域も多い。いわゆる新大陸では、先住民は文字をもっていなかったが、西洋の植民者がラテン文字を持ち込んだ。古代の朝鮮半島やベトナムでは、漢民族の侵略を受けたことが文字文化開始の契機ともなった。

いっぽう日本列島では、文字文化は、古代ヤマト民族の首長が自発的かつ意識的に「カラ」から輸入したことで始まった。宣教師から教わったわけでも、侵略者に学習を強要されたわけでもない。

ただ、そのせいもあって、五世紀に入ってさえ、文字文化はなお民衆から縁遠い存在であった。

例えば、前にあげた古墳もそうである。世界の巨大建築の工事現場の遺跡からは、ピラミッドであれ万里の長城であれ、労働者に関する文字遺物が出土するのが常である。文字社会では、現場監督の役人も、労働者の氏名や人数、食糧などのデータを文書化して処理するから、文字遺物も残る。

ところが、日本の巨大古墳からは、文字史料の出土例はない。大山古墳の造営には、のべ「七百万人日」の労働力を要したと見積もられている。一日五千人を動員しても、四年近い歳月がかかった計算である。パソコンが使える現代でさえ、建築会社が千人規模の労働者を管理するのは、容易ではないと言う。実際、古代のエジプトや中国では、文字の読み書きができる役人が、文字をフルに活用して現場の管理をしていた。ところが日本では、古墳造営の労働者について記録した木簡のたぐいは、いまだに発見されていない。今後、発見される可能性もゼロではないが、現場管理に終始、文字を使わずに工事を進めた可能性もある。

文字がなくても大土木工事はできる。南米に存在したインカ帝国は、宗教上の理由からあえて文字をもたなかったが、結縄による独自の数学によって、石組みの大規模建築を作った。五世紀当時の日本社会は、インカ帝国に似ていたのかもしれない。漢字や漢文は、五世紀までは、日本人の精神世界に大きな影響を与えなかった。この状況は六世紀にガラリと変わることになる。

仏教伝来

紀元前五世紀ごろ北インドで生まれた仏教は、シルクロードや中国大陸を経て、朝鮮半島に伝わり、六世紀にようやく日本列島に伝わった。日本へ仏教が伝わった年代については、五三八年説、五五二年説など、諸説がある。いずれにせよ、六世紀半ばごろの欽明《きんめい》天皇の時代に、百済の聖明《せいめい》王から、丈六《じょうろく》の仏像と仏典が献上されたのが、我が国への仏教伝来とされる。

仏典（いわゆるお経）は、もちろん漢訳仏典であった。経文の意味や、読誦《どくじゅ》のやりかたを教えるために、百済から僧侶も渡ってきた。儒教を講義する「五経博士《ごきようはかせ》」は、すでに六世紀の初めに百済から招聘《しょうへい》されていたから、仏教の伝来は、儒教の伝来より少し遅かったことになる。

昔の日本人は「八百万の神」を信仰していた。百済から来た「仏陀《ぶつだ》」は、外来の新しい神として日本に迎えられ、ホトケ、という日本語名を与えられた。ホトは「仏」の六世紀当時の漢字音を日本語に写したもの。ケは、目に見える状態にあるものを示す接尾語で、カゲ（影）とかカナシゲ（悲しげ）のゲ（ケ）と同根である。

それまでの日本人は、「御神体《ごしんたい》」を拝むことはあっても、リアルな神像を拝むという習慣はなかった。土偶や埴輪《はにわ》も、顔つきは、写実的ではない。ところが百済から来た仏像は、まるで血の通った人間のようにリアルだった。当時の日本人は、さぞびっくりしたことであろう。その驚愕の余韻が、今日でも、ホトケの「ケ」に残っているのである。

百済から仏像を献上されたものの、天皇家や有力氏族は、仏像を拝むことをためらった。新しい外国の「神」である仏を拝めば、日本古来の神々が怒って、祟《たた》りをなすかもしれない、と危惧《きぐ》したのである。

結局、仏教をいちはやく受け入れたのは、たいした祖先神をもたぬ新興の蘇我《そが》氏だった。ソガは「狭くて荒れた土地」という意味の和語で、ソは狭いの意、カはアリカ（在処）とかスミカ（住処）のカと同じ。ソガ氏は、名前からして、あまり恵まれていなかった一族だったらしい。後世になると、ソガに蘇我・曾我・十河など、いろいろな漢字をあてるようになるが、どれも語源は同じである。

そんな蘇我氏も、天皇家との血族結婚によって、じわじわと勢力を伸ばし始めた。用明《ようめい》天皇も、その息子の厩戸皇子《うまやどのみこ》（聖徳太子。五七四〜六二二）も、母がたを通じて蘇我氏の血を濃厚に引いていた。結局、用明天皇が、日本で最初に仏像を拝んだ天皇となり、仏教が日本に根をおろすもととなった。

漢字文化の夜明け

日本史では、推古《すいこ》天皇（在位五九二〜六二八）の時代を中心とする時代を「飛鳥時代」と呼ぶ。この時代、日本の都はアスカ地方（現在の奈良県高市《たかいち》郡明日香《あすか》村の一帯）にあった。

和語アスカは「夜明けの土地」の意味で、全国各地のアサカ（後世の漢字表記では朝霞、浅香、安積、阿坂など）という地名と同系である。昔の和歌では、アスカという地名を詠むときは、枕詞《まくらことば》を冠して「飛ぶ鳥のアスカ」と言った。そのため「飛鳥」と書いてアスカと読むという、うがった字訓が生まれ、今日に至っている。

飛鳥時代は、アスカという和語の原義のとおり、日本の夜明けの時代となった。

推古天皇は女帝であったので、政治の実務を、厩戸皇子が補佐した。彼は一度に十人の言葉を聞き分けるほど聡明で、豊聡耳皇子《とよとみみのみこ》とも呼ばれた。死後百年以上たってから、奈良時代に「聖徳太子」という名前を贈られ、今日ではもっぱらその名で呼ばれる。以下、聖徳太子と呼ぶことにしよう。

聖徳太子には謎が多い。彼は、内政面では、冠位十二階や十七条憲法を制定して中央集権国家の基礎をかため、外交面では、遣隋使を派遣して中国と対等の国交を結ぼうと努力した。大陸文化の導入にも努め、仏教の興隆に力を注ぎ、法隆寺や四天王寺など寺院を建立《こんりゅう》したほか、みずから漢文で「三経義疏《さんぎょうぎしょ》」（法華経《ほけきょう》、勝鬘経《しょうまんぎょう》、維摩経《ゆいまぎょう》の三経の注釈書）を著した、と伝えられる。

ただ「聖徳太子」という呼称とは裏腹に、当時の日本には、まだ「皇太子」も「摂政」も正式の制度としては存在しなかった。また、聖徳太子が書いたとされる「十七条憲法」や「三経義疏」の一部も、後世、偉大な聖徳太子の名前にあやかるため仮託《かたく》されたものである可能性がある。もっとも、もし聖徳太子に漢文の素養がなかったら、そもそも仮託のしようもなかったはずである。彼が漢文に精通していたことは確かであろう。

日出ずる処の天子

聖徳太子は、推古天皇八年（六〇〇）、隋に使者を派遣した。中国側から見ると、四七八年に倭王「武」（雄略天皇）が宋に遣使して以来、百年あまりの空白ののち、ふたたび倭国が使節を送ってきたことになる。

中国の歴史書『隋書《ずいしょ》』は、その記事を次のように載せる。

開皇二十年。倭王、姓は阿毎《あめ》、字《あざな》は多利思比孤《たりしひこ》、阿輩雞弥《おおきみ》と号す。使《つか》いを遣《つか》わして闕《けつ》に詣《いた》らしむ。上《しょう》、所司《しょし》をして其《そ》の風俗を訪《たず》ねしむ。使者言《い》う「倭王は天を以《もつ》て兄と為《な》し、日を以て弟と為す。天未《いま》だ明けざる時、出でて政《まつりごと》を聴き、跏趺《かふ》して坐《ざ》す。日出《ひい》ずれば便《すな》わち理務を停《とど》め、我《わ》が弟に委《ゆだ》ねんと云《い》う」と。高祖曰《い》わく「此《こ》れ太《はなは》だ義理無《な》し」と。是《ここ》に於《おい》て、訓《さと》して之《これ》を改《あらた》めしむ。（『隋書』「倭国伝」）

右の大意は――隋の初代皇帝・文帝（高祖、楊堅。在位五八一～六〇四）の開皇二十年（六〇〇）、倭王が使者を送ってきた。この倭王は姓をアメ、あざなはタリシヒコ、号はオオキミといった。倭王の使者は、隋の都（大興《だいこう》。現在の西安市）の皇宮までやってきた。文帝は、担当の役人に、倭国の風俗を質問させた。使者は答えた。「倭王は、天を兄とし、太陽を弟と見なしている。まだ夜があけぬうちに起きて、あぐらをかいて坐り、臣下から政務の報告を聞く。太陽がのぼると『我が弟にまかせる』と言って政務をやめる」。文帝は「これは、まったく条理にもとっている」と言い、倭国の使者に対して、そんな理不尽な習俗を改めるよう教え諭した。——

倭王が天を兄とし、太陽を弟とする、という習俗は、古代日本にはなかった。中国側の誤解か、通訳のミスであろう。ただ、中国の役人から質問を受けた倭の使者が、天の太陽を指でさして「我が大王は、天照大神《あまてらすおおみかみ》の直系子孫である」と答え、傲岸不遜な印象を中国側に与えたくらいのことは、あったかもしれない。

また倭王が、アメ（天）という姓とタリシヒコという男子名をもっていた、というのも事実とは違う。天皇家には、いまも昔も姓はない。また、当時は女帝（推古天皇）であった。これについては、中国側の誤解というより、倭国の使者が意図的にウソをついた可能性がある。当時の中国人から見ると、姓をもたず、女性の支配者を戴くような民族は、文化が遅れた夷狄《いてき》に見えたからである。

西暦六〇七年、聖徳太子は、小野妹子《おののいもこ》を使者として、隋に派遣した。

大業《たいぎょう》三年、其《そ》の王多利思比孤《たりしひこ》、使《つか》いを遣《つか》わして朝貢す。使者曰《い》わく「聞く、海西の菩薩《ぼさつ》天子、重ねて仏法を興《おこ》すと。故に遣わして朝拝せしめ、兼ねて沙門《しゃもん》数十人をして来たりて仏法を学ばしむ」と。其《そ》の国書に曰わく「日出《ひい》ずる処《ところ》の天子、書を日没する処の天子に致す。恙《つつが》無きや」云云と。帝、之を覧《み》て悦《よろこ》ばず、鴻臚卿《こうろけい》に謂《い》いて曰わく「蛮《ばん》夷《い》の書、無礼なる有らば、復《ま》た以て聞《ぶん》する勿《なか》れ」と。(『隋書』倭国伝)

右の大意は――隋の第二代皇帝・煬帝《ようだい》(在位六〇四〜六一八)の大業三年、倭王タリシヒコが、使者(小野妹子)を派遣して朝貢してきた。使者は「我が国から見て西の、海のむこうにいらっしゃる菩薩のような皇帝陛下が、かさねて仏教の興隆に力をお入れになっているとうかがいましたので、使者を送って拝礼させたうえ、我が国の僧侶数十人を留学させて仏法を学ばせようと存じます」と申し上げた。使者の言葉は丁寧だったが、倭国からの国書には「日がのぼるところの天子が、日が沈むところの天子に手紙をお送りします。お変わりありませんか」云々と書いてあった。煬帝は不機嫌になり、鴻臚卿(外国使節の接待をつかさどる役所の長官)に対して「夷狄の手紙で無礼な文言を含むものは、二度と朕《ちん》に上奏するな」と命じた。――

煬帝が怒ったのは、倭王がみずからを「天子」と称して自分と対等であるかのような口をきき、また、中国は斜陽だが倭は日の出の勢いの新興国である、と言わんばかりの書きかたを無礼と感じたからである。

煬帝は、中国史上屈指の暴君である。しかし、さすがの彼も、倭の使者を追い返すことはできなかった。当時、隋は高句麗と対立していた。高句麗は強く、隋の大軍をもってしても、これを屈服させることは容易ではないと予想された。煬帝は、倭を隋の陣営に引き込むことが外交上の得策であると考え、返礼の使者を倭国に派遣した。

倭に帰還した小野妹子は、隋からもらった国書を「途中で百済人に奪われた」と言って、朝廷に提出しなかった。国書を失う、というのは、大失態である。しかし小野妹子は、罰を受けることはなかった。おそらく、隋から倭王にあてて書かれた国書（その内容は、史書に記録されていない）に、倭国を属国視する文言が書いてあったため、秘密裏に処分されたのだろう。

天皇号の発明

聖徳太子は、六〇八年、小野妹子を大使とする使節団をふたたび隋に派遣した。そのとき隋に送った国書の文言は、『日本書紀』によれば、

東天皇、敬白西皇帝。

で始まる純正漢文だった。訓読すると「東の天皇、敬《つつし》みて西《にし》の皇帝に白《もう》す」となる（『日本書紀』の伝統的な読み下しでは「東《やまと》の天皇《すめらみこと》、敬《つつし》みて西《もろこし》の皇帝に白《もう》す」と、和語を多用してやわらかく読む）。

このとき初めて使われた「天皇」という称号は、中国の神話や宗教に出てくる神の名前であり、正式の政治用語ではなかった。もし「天子」とか「皇帝」という語を日本側が使えば、中国側が非礼を理由に使者を門前払いにする恐れがあった。そこで聖徳太子は、「天皇」という変則的な称号を考案したのであろう。

政治用語ではない語を転用して破綻《はたん》を避けることは、政治の常套《じょうとう》手段である。例えば「日本国憲法」は、本文冒頭の第一章第一条で「天皇は、日本国の象徴であり日本国民統合

の象徴であって」云々と規定する。「象徴」（英文の憲法草案ではシンボル）という語を法律に使うのは、世界的に見ても異例である。当時のGHQは、「天皇は、もはや神でも元首でもない」ことを婉曲《えんきょく》に述べるため、「象徴」という苦肉の表現を発明したのである。

筆者が思うに、天皇という変則的称号も「倭国王は、もはや中国の皇帝の臣下ではありません」というメッセージを中国側に婉曲に示すための、苦心の発明であったろう。ただし、このとき一時的に使われた天皇という称号が日本に定着するのは、ずっと遅れて七世紀末以降のことである。

なお、このときの使節団について、中国側の史書『隋書』は「東天皇、敬白西皇帝」云々の国書を収録しない。のみならず、『隋書』では、煬帝からの返礼の使者を迎えた倭王（男子）は、

「我は夷人《いじん》にして、僻《かたよ》りて海隅《かいぐう》に在《あ》り、礼儀を聞かず」（私は未開人で、中国から遠く離れた海のすみっこに住んでいるため、礼儀をわきまえておりませんでした）

と反省の弁を述べたことになっている。

真相は藪《やぶ》のなかだが、聖徳太子の時代に、その後の日中外交の基本パターンが決まったらしい。日中両国の朝廷は、それぞれ相手国の態度を、自国の都合のよいように解釈し、それ

を国内向けに宣伝する。両国の外交担当の実務者レベルでは、外交上の矛盾を、国書の改竄《かいざん》や隠匿《いんとく》などの手段によって適当に処理し、朝廷もそれを黙認する。九世紀まで続いたそのような外交関係は、聖徳太子の苦心の発明だったのである。

聖徳太子はどのように漢文を読んだか

日本人が漢文を読む方法には、音読と訓読の二つがある。

音読は、中国漢字音ないし日本漢字音で、漢文をそのまま音読する方法である。

訓読は、古くは和読とか倭点ともいい、漢文を日本語の古典語に直す定型的訳読法である。

例えば、漢訳仏典の『般若心経《はんにゃしんぎょう》』の「色不異空、空不異色」は、音読すれば、

「シキフイクー、クーフイシキ」

となり、訓読すれば、

「色《しき》は空《くう》に異《こと》ならず、空は色に異ならず」

となる。

漢字文化圏のなかで、漢文を訓読するのは、実は日本だけである。中国人は、現代中国語の漢字音で漢文を読む。韓国人もベトナム人も、それぞれの漢字音で漢文を音読する（今日

の韓国では、音読の途中で、ところどころ自国語の助詞や接尾語を短く挿入して読む。ただし、日本と違って現代韓国語の漢字には「訓読み」はないし、日本の漢文訓読のように、韓国語の語順にあわせて上下ひっくりかえったり、もどって読むことはない）。

漢文を訓読するために、漢字の上や脇などに書き加える文字や符号を総称して「訓点」と呼ぶ。訓点を施した最古の文献史料は、八世紀末ないし九世紀初めに現れる。

しかし、訓点が発明されるよりずっと前から、日本人が漢文訓読を行っていた可能性はある。訓点の書き込み、という決定的な証拠こそないが、五世紀の和化漢文などを見ると、すでに当時から一種の訓読が行われていたと思われる。

さて、聖徳太子は、漢文をお経のように音読したのか、それとも訓読していたのか。

六〇四年、聖徳太子は「十七条憲法」を公布した。第一条を示すと、

一曰、以和為貴、無忤為宗。人皆有党、亦少達者。（以下略）

という堂々たる純正漢文である。この漢文を収録する『日本書紀』は、こう読み下す。

一《ひとつ》に曰《い》わく、和《やわらか》なるを以《もっ》て貴《とうと》しとし、忤《さか》うること無《な》きを宗《むね》とせよ。人皆《ひとみな》、党《たむら》有《あ》り、亦《ま》た達《さと》る者少《ひとすくな》し。

ちなみに、近世以降の漢文訓読法では「一《いっ》に曰《い》わく、和《わ》を以《もっ》て貴《とうと》しと為《な》し、忤《さか》うること無《な》きを宗《むね》と為《な》せ。人皆《ひとみな》、党《とう》有《あ》り、亦《ま》た達《さと》る者少《ものすくな》し」と、やや堅く読む。『日本書紀』の伝統的な訓読のほうが、漢字の訓読みの比率が多く、やわらかく読んでいる。

七世紀初めの聖徳太子は、「一《ひとつ》に曰《い》わく、和《やわらか》なるを以《もっ》て貴《とうと》しとし」と訓読していたのか。それとも例えば「イチ、ヲチ、イ、ワ、ヰ、クヰ」と音読していたのだろうか（昔の日本語では、ヲはwo、ヰはwiと発音されていた。若き日の聖徳太子は、日本に渡来した高句麗の僧侶から、漢字や漢文を習った。高句麗の漢字音は、日本漢字音で言えば「呉音」（一三五ページ参照）と比較的近かった、と推定される。「一曰、以和為貴」の呉音は、それぞれイチ、ヲチ、イ、ワ、ヰ、クヰ、となる）。

直接的な証拠はないが、種々の状況証拠を積み重ねると、聖徳太子は、音読と訓読の両方を行っていた可能性が高い。

例えば、十七条憲法の第十二条には、

国非二君

という語句がある。もし「国に二人の君主はいない」ということを言いたければ、純正漢文では「国無二君」と書かねばならない。「国非二君」と書けば「国は二君に非ず（国家は、二人の君主ではない）」となり、意味が通らない。

日本人は漢詩文を書くとき、日本語の癖にひきずられ、うっかり破格の表現を書いてしまうことがある。これを和臭《わしゅう》という。「有《あ》らず」と「非《あら》ず」を混同するのは、典型的な和臭である。ひょっとすると、聖徳太子のころには、すでに漢語「非」を「あらず」と読む定型的訳読法が存在しており、さすがの聖徳太子も、これにひっかかって間違えてしまった可能性がある。

十七条憲法は純正漢文で書かれているが、この箇所以外にも、若干の和臭がある。当時、すでに訓読の元祖のような定型的訳読法が存在していたことをうかがわせる。

日本語表記への苦心

純正漢文でさえ、和臭がある。まして「史部流《ふひとべりゅう》」と呼ばれた和化漢文は、中国人が読むと理解不能になるほど、和臭に満ちている。

例えば、六〇七年に書かれた「元興寺塔露盤銘」には、「誓願賜」（セイガンしたまう）、「薬師像作」（ヤクシゾウをつくる）など、日本語の語法や語順そのままの表現が散見される。もし純正漢文であれば、それぞれ「誓願」「作薬師像」と書かねばならない。史部流の和化漢文は、初めから訓読されることを前提に書かれた可能性がある。

ちなみに、ほぼ同時代の朝鮮半島でも、朝鮮語の語順にあわせて漢字を並べた変体漢文「誓記体（ソギチェ）」が使われていた。誓記体の漢文は、史部流そっくりである。日本と朝鮮半島の縁の深さがうかがえる。

なお、この「元興寺塔露盤銘」には「桜井」「広庭」という表記も見える。これはそれぞれ、サクライ、ヒロニワという和語を写したものに違いない。当時、サクライは「佐久羅韋」（道後温泉碑、五九六年）、ヒロニワは「比里爾波」（元興寺仏像光背、六〇五年）と、漢字の音で表記されることもあった。後世と違って、桜井、広庭は、まだ固定的な表記ではなかった。このように、飛鳥時代には、一部の漢字について、訓読みのようなものが確立し始めていたことをうかがわせる。

漢字の訓読みをつなげてゆけば、漢文の訓読になる。断定はできないが、漢文訓読も漢字の訓読みも、その先駆となる原始的な形は、聖徳太子の時代には存在していた、と考えるべきであろう。

なお聖徳太子は、蘇我馬子とともに、日本最古の史書『天皇記《てんのうき》』と『国記《こつき》』を編纂したと伝えられる。この両書とも、残念ながら、六四五年の蘇我宗家《そうけ》滅亡の際に焼失して伝わらない。その文体が、純正漢文だったのか、和化漢文だったのかも、わからない。

ただ、それまでは語り部が口頭で伝えてきていた歴史を文字で書く、というのは、画期的なことだった。筆者が思うに、聖徳太子や蘇我氏が仏教徒で、神道の言霊思想から自由であったからこそ、我が国最古の史書を書くことができたのであろう。

いずれにせよ、日本は聖徳太子のころから、ようやく本格的な有史時代に入ったわけである。

訓点の登場

以上のことを踏まえると、漢文訓読の萌芽《ほうが》は、おそらく飛鳥時代には存在していたろう。

ただし当時はまだ、訓読のしかたを示す訓点を、漢文の原本に書き記すことはなかった。純正漢文であれ和化漢文であれ、漢文の本をどう訓読するかは、師匠から弟子へ口伝えで教授し、暗誦《あんしょう》したのであろう。

多読より精読が重んじられた時代は、それでもよかった。しかし書籍の量が増えると、記憶力だけでは限界に達し、漢文の書籍に訓読のしかたを記号で書き込んで示す「訓点」が登場した。

訓点の最古の史料は、奈良時代末期の『華厳刊定記《けごんかんじょうき》』巻五で、七八三年ないし七八八年のものとされる。これには返り点と句読点が書き込まれている。平安時代に入ると、「ヲコト点」や片仮名を交えたものも現れ始める。

ヲコト点というのは、まだ「送り仮名」がなかった時代の、特殊な訓読表記法である。漢字の隅ないし中心部に点を記入し、その点の位置によって「ヲ」「コト」「テ」「ノ」「ハ」「ナリ」など、送り仮名的な読みかたを示した。点の位置と読みかたは、学者の流派や時代によって異なり、いわば「秘伝」であった。

ヲコト点で示すことができる読みかたは限られたので、後に、漢字の右下に、小さな記号で、助詞や助動詞の読みを表記することが行われるようになった。これが片仮名の起源である。

従来は、ヲコト点も片仮名も返り点も、漢文の訓点は、日本人が日本国内で発明した方法だと考えられていた。ところが近年「角筆《かくひつ》研究」の進展により、片仮名を含む訓点のルーツが、朝鮮半島にある可能性が出てきた。

角筆、というのは、先が尖った棒状の筆記用具のことである。通常の墨の筆と違い、角筆は、細い線で紙の表面にうっすら傷をつけるだけである。目をこらしたり、光をあてる角度を加減しなければ読めない。逆に言えば、角筆を使えば、貴重な漢籍の字面を汚すことなく、訓点を目立たぬように記入することができるわけである。

角筆で書かれた文字や記号は、通常のコピーや写真撮影では写らぬほど薄い。そのため従来は、角筆の記入は、紙の小さな疵《きず》として無視されてきた。

小林芳規・広島大学名誉教授らの研究によって、日本国内外の角筆文献の研究が進んだのは、ようやく二十世紀末からである。その結果、ヲコト点や片仮名の発生の起源が、従来考えられていたよりも数十年早いらしいこと、ヲコト点や片仮名は日本ではなく朝鮮半島（当時は新羅）で発明された可能性もあること、などの新事実がわかってきた。

いずれにせよ、訓点によって、日本人は、ほんらい外国語である漢文を、自国語の古典として読めるようになった。これは画期的な発明と言える。

余談ながら、江戸時代から明治にかけては、漢文訓読をまねた「欧文訓読」も日本で広く行われた。これは、オランダ語や英語の単語の隅に、日本語に訳読する順番の洋数字をふる、というものだった。しかし漢文の訓点が「レ点」「一二点」「上下点」くらいで間に合うのに対して、欧文訓読では「11、12、13……」のように複雑になってしまうため、結局、欧文訓読はすたれた。

漢文訓読の功罪

日本の漢文訓読に近いものは、外国にもあった。

朝鮮半島でも、高麗《こうらい》時代（九一八〜一三九二）までは、漢文に返り点や送り仮名による訓点をほどこし、朝鮮版漢文訓読をおこなっていた。一九七三年に仏像の腹中から発見された『(旧訳) 仁王経』は、印刷された漢文の経文の左右に、墨書で、送り仮名と返り点が記入されていた。高麗の返り点は日本と違う独特の記号（星点という）だったが、送り仮名には字形や音で日本の片仮名と共通するものがある。実際、朝鮮版訓点を施した高麗版『(旧訳) 仁王経』の字面は、一見すると、日本の訓点本と見まごうほど似ている。

しかし朝鮮版漢文訓読法は、一般民衆に普及することなく、いつしか忘れ去られた。李氏《りし》朝鮮（一三九二〜一九一〇）の時代には、漢字部分を朝鮮漢字音で読み、朝鮮語の助詞や語尾をつなぎとして送り仮名のように挿入する、という読みかたに切り替わり、今日に至っている。

訓点の発明者が、新羅人だったにせよ、日本人だったにせよ、訓点は日本でのみ生き残った。そして改良を重ねられ、江戸から明治にかけて完成を見た。

過去の日本人が漢文に訓点を施して読んだことは、漢文が「外国語」である、という自覚を希薄にした。また、どんなに難解な漢籍でも、適切な訓点さえほどこせば必ず読める、という自信を与えた。

漢文訓読については、古来、肯定論と否定論の両者が存在する。

否定論者は、こう主張する。

――漢文訓読は、邪道である。文字を上下ひっくり返って読むという、アクロバットのような、世界でも類を見ない珍妙な、不自然な訳読法である。日本人にとって漢文は外国語なのだから、中国語で音読し、意味を理解したうえで、現代日本語に訳すべきである。漢文訓読という中途半端な方法で漢文を読むのは、いわばごまかしである。――

肯定論者は、こう主張する。

——漢文訓読は、長い歳月をかけて練り上げられた定型的訳読法である。昔の日本語も、訓読によって育てられた部分がある。また、漢文訓読は直訳体なので、意訳のようなごまかしはきかない。一字一字の意味をきっちり把握することになるので、むしろ現代日本語訳よりも、厳密に意味を把握することができる。——

肯定論も否定論も、それぞれ一長一短である。

筆者は、漢文訓読肯定派である。ただし「訓読だけ肯定」派ではない。もし中国語でも漢詩や漢文を音読できれば、なおけっこうである、と考える。

事実、江戸時代の日本でも、元禄《げんろく》から享保《きようほう》にかけては漢詩や漢文を中国語の発音（当時は唐音と呼んだ）で音読するのが、ブームになった。漢詩の漢字に中国語の発音を片仮名でふり、それを中国伝来のメロディーで歌うことさえ、江戸時代には広く流行した。もちろん、その間も、漢文訓読の習慣が衰えることはなかった。

われわれは、ご先祖さまの旺盛な好奇心を、学ぶべきであろう。今日では、漢文訓読も、中国語も、江戸時代より簡単に学べるようになっている。

第三章　日本文明ができるまで

藤原鎌足と漢文塾

飛鳥時代の日本に、話をもどす。

七世紀は、日本漢文の黎明期であり、東アジアの激動の時代でもあった。

六一二年　隋の煬帝は百万の軍をもって高句麗を攻めるが、大敗を喫して失敗。

六一八年　煬帝が臣下に殺され、隋が滅亡。唐王朝が成立。

六二二年　聖徳太子が死去。

六二六年　李世民《りせいみん》がクーデターで兄を殺し、唐の第二代皇帝として即位（太宗《たいそう》）。

六三〇年　第一回の遣唐使を派遣。

当時の雰囲気は、「外圧」と「お雇い外国人」という二つの点で、明治に似ていた。明治の前半まで、日本の大学の教員は「お雇い外国人」ばかりで、講義も西洋語で行われていた。洋行帰りの日本人が教壇に立つようになり、講義もしだいに日本語で行われるようになったのは明治も後期になってからである。

飛鳥時代の日本も、高句麗の僧侶や百済の五経博士を招聘《しょうへい》し、漢文の学問を教えてもらっていた。そのうち、遣隋使《けんずいし》や遣唐使《けんとうし》とともに中国に渡った留学生や留学僧が、日本に帰国するようになると、日本人が日本人に漢文を教えるようになった。

唐からもどってきた学者や僧侶は、塾のような学校を開き、皇族や豪族の子弟に漢文を教えた。漢文の原文を中国語で読んだかどうかは不明だが、漢文の意味内容を講義するときは、日本語を使ったことであろう。

藤原氏の家史を記した『藤氏家伝《とうしかでん》』という書物は、当時の漢文塾の雰囲気を伝える次のようなエピソードを伝える。

――若き日の蘇我入鹿《そがのいるか》（?～六四五）と中臣鎌足《なかとみのかまたり》（のちの藤原鎌足。六一四～六六九）は、机を並べて漢文を学んだ同級生であった。当時、豪族の子弟は僧旻《みん》の塾に集まり、『周易《しゅうやく》』（後世は「しゅうえき」と読む。『易経《えききょう》』とも言う）を学習した。あるとき鎌足が遅刻すると、入鹿は起立して礼をし、鎌足といっしょに坐した。

講義が終わってみなが帰るとき、僧旻は鎌足に目くばせをして、彼だけを引きとどめた。僧旻はこっそり鎌足に向かって、

「我が堂に入った者のなかで、宗我太郎（蘇我入鹿）が最高だった。しかし、きみは神識奇

相をそなえており、彼よりも優秀だ。深く自愛してほしい」と激励した。――

『藤氏家伝』が、蘇我入鹿を礼儀正しい優れた人物として描いているのは、興味深い。豪族としては中流以下だった中臣鎌足に対して、実力ナンバーワンの蘇我氏の長男が起立して礼をするというのは、当時の日本では、漢文塾以外ではあまり見られぬ光景だったのではないか。

中臣鎌足は、漢文の勉強が好きだったようだ。『日本書紀』によると、鎌足は、蹴鞠《けまり》のとき中大兄《なかのおおえ》皇子の靴《くつ》を拾って捧げたのが縁で、皇子と意気投合した。皇子と鎌足は、南淵《みなぶち》請安《しょうあん》の漢文塾に通い、「周孔の教え」を学んだ。その通学の道すがら、二人はひそかに蘇我氏打倒の計画をうちあわせた、と言う。

六四五年、中大兄皇子（のちの天智《てんじ》天皇。六二六～六七一）と中臣鎌足が、蘇我入鹿を暗殺した（乙巳《いっし》の変）。そして「大化の改新」が始まった。

元号制定

入鹿暗殺ののち、中大兄皇子らは「大化」という日本最初の元号を制定した。

元号は、漢字文化圏独特の紀年法《きねんほう》である。紀元前二世紀、前漢の武帝は、唯一絶対の皇帝は空間（領土）のみならず時間（年月）をも支配できる、という思想のもと、元号制を創始し、世界最初の元号「建元《けんげん》」（前一四〇〜前一三五）を定めた。以来、中国の直轄領および冊封国《さくほうこく》（属国）では、皇帝が定めた元号とカレンダーを使用することが義務づけられた（これを「正朔《せいさく》を奉《ほう》ずる」と言う）。

六四五年の「大化」という元号制定は、今日的な言いかたをすれば、「日本文明」は「中国文明」（当時の王朝は唐）と対等の独立した文明である、という、いわば独立宣言の意味あいがあった。

例えば、ベトナムが独自の元号を使えるようになったのは、中国の支配を脱した十世紀後半からで、日本より三百年以上遅い。

朝鮮民族は、日本より百年も早く独自の元号を使った。五三六年、新羅の法興王《ほうこうおう》は朝鮮独自の元号をたてた。その後百年以上、新羅は中国とは違う元号を使い続けた。しかし、唐からそれを詰問《きつもん》されたため、六五〇年から唐の元号にしたがうようになった。朝鮮が中国から押しつけられた元号を廃止して、独自の元号を公然と使用したのは、十九世紀末の日清戦争のあとの「大韓帝国」時代（一八九七〜一九一〇）である。

六四五年に日本が「大化」という元号を制定した一因は、隣国である新羅が中国文明への隷属《れいぞく》を拒否して独自の元号をたてているのだから、我が国も、と考えたことにあったのかもしれない。

現在元号制度を維持しているのは、世界で日本だけである。今日、元号は、キリスト紀元（西暦）を使用する西洋文明に対して、日本文明の独自性をアピールする材料の一つとなっている。

「日本」の誕生

「日本」という国名がいつ誕生したのかは、実はよくわからない。

『日本書紀』によると、大化元年（六四五）七月、倭国を訪れた高句麗や百済の使者に示した漢文の詔《みことのり》のなかに「明神御宇日本天皇」という語が見える。和語では「あきつみかみとあめのしたしらすやまとのすめらみこと」と読む。これが、今日知られているかぎりで最初に「日本」という語が使われた例である。ただし、当初、「日本」は倭国の異称の一つにすぎなかった。これが正式な国名として使われるようになったのは、七〇一年の大宝律令のころからである。

日本は、訓読みでは「ひのもと」「やまと」などと読まれ、音読みではニホンないしニッポンと読まれる。七世紀から中世にかけては、呉音でニチホン、漢音でジッポンと読まれたこともあったらしい。ニチホンがなまってニッポンとなり、ジッホンがなまってマルコ・ポーロの『東方見聞録』の「ジパング」になった、という説もあるが、真相はわからない。

一説に、「日本」という呼称は、現在の大阪府東大阪市日下《くさか》町にちなむ命名とも言う。

――太古の昔、大阪湾は、いまよりもずっと内陸奥深く、現在の日下町のあたりまで広がっていた。九州から東にすすんできた神武天皇の軍隊が、最初に近畿地方に上陸したのが、このクサカという場所だった。

クサカは和語で「草の土地」の意で、後世の漢字表記では、草香、孔舎衙などと書く。また和歌などでは、クサカは「日のもと」という枕詞をつけて「日下のクサカ」と詠まれたので、「日下」とも書くようになった。建国の意気にもえる当時の倭人は、神武天皇の伝説にも出てくる「日のもとのクサカ」にちなみ、新しい国名を「ひのもと」（日本）に定めた。

――

右の「日本クサカ説」の信憑性《しんぴょうせい》はさておき、日本という新国名には、「アスカ（飛鳥）」

や「日出《い》ずる処の天子」に通ずる、旭日昇天《きょくじつしょうてん》の意気込みが感じられる。

習字の木簡

七世紀後半、東アジア情勢は、ますます緊迫した。

六六〇年　百済が、唐と新羅の連合軍に攻められて滅亡。
六六三年　百済の復興を支援する日本軍と、唐と新羅の連合軍が朝鮮半島の白村江《はくすきのえ》で激突。日本水軍は大敗を喫する（白村江の戦い）。
六六八年　唐と新羅の連合軍により、高句麗滅亡。

六六〇年代、戦乱を逃れて高句麗や百済から多数の知識人が日本に逃げてきた。中国人の捕虜も日本に送られてきたが、そのなかには薩弘恪《さつこうかく》や続守言《しょくしゅげん》のような知識人もいた。この二人は日本の朝廷から「音博士《おんはかせ》」（中国の漢字音を教授する学者）の称号をもらい、『日本書紀』の編纂でも活躍することになる。

日本国内でも、外国の脅威に対抗するため、漢字漢文を駆使して中央集権国家を作らねばならぬ、という空気が高まった。

全国各地の古代遺跡から出土する木簡を見ると、七世紀後半には、地方の役所でも漢字漢文による帳簿が導入されていたことがわかる。つまり、生産財としての漢字文化は、大化の改新のころから急速に普及したことになる。

徳島市の観音寺遺跡から出土した「『論語』習書木簡」は、習字のために『論語』の冒頭の句を書き写した練習用の木簡であるが、その年代は七世紀第2四半世紀（六二六〜六五〇）にまでさかのぼると推定されている。これを見ると、漢字は稚拙《ちせつ》で、しかも文字の順番も間違っている。おそらく、漢文の教材を暗記したあと、それを参照しないで、そらで書き写す、という宿題を課された生徒の木簡なのであろう。慣れぬ手つきで一生懸命、漢字漢文を勉強したご先祖様の苦労がしのばれる。

ちなみに、紙を和語で「カミ」と呼ぶのは、木簡の「簡」を日本風になまったのが語源、というのが有力な説である（一三五ページ参照）。

日本最初の漢詩

六世紀まで威信材であった漢字は、七世紀初めごろから、ようやく生産財ないし経済財として日本に根づき始めた。しかし、文芸としての漢字文化は、なかなか日本に根づかなかった。

例えば、さすがの聖徳太子も、漢詩を詠んだという話は伝わっていない。

詩は、その民族の魂にふれる文芸である。今日でも、英語を巧みに書く日本人は多いが、英語で詩を書ける日本人は、あまり見かけない。

日本初の漢詩は、天智天皇の皇子・大友皇子《おおとものみこ》（六四八〜六七二）が詠んだ次の詩であるとされる。

侍宴
皇明光日月
帝徳載天地
三才並泰昌
万国表臣義

宴に侍す
皇明《こうめい》　日月《じつげつ》光《て》り
帝徳《ていとく》　天地《てんち》に載《み》つ
三才《さんさい》　並《なら》びに泰昌《たいしょう》
万国《ばんこく》　臣義《しんぎ》を表《ひょう》す

大意は――天皇のご威光は、太陽や月のように輝き、ご威徳は、天地のようにすべてのものを載せております。天地人の三才も平和と繁栄を謳歌《おうか》しており、万国は臣下の礼を示しております。——

右の作品は、八世紀の漢詩集『懐風藻《かいふうそう》』の冒頭に置かれ、古来、我が国の漢詩の濫觴《らんしょう》（大きな流れの起源）と言われてきた。六六八年、天智天皇の即位式のあとの宴会で詠まれたものとも言われる。

なお、右に示した訓読は、後世の読みかたである。大友皇子が、この詩を漢字音で読んだのか、それとも和語で訓読したのかは、わからない。

この日本最初の漢詩は、荘重ではあるが、表現が硬い。詩というより、韻《いん》をふんだ上奏文のようである。古代日本における漢文の威信材的性格は、まだ影を落としていた。

参考までに、朝鮮最初の漢詩を左に示す。六一二年、隋の第二次高句麗遠征のとき、これを国土の奥深くまで引きつけて迎え撃った高句麗の名将・乙支文徳《おつしぶんとく》（ウルチ・ムンドク。生没年不詳）が、隋の将軍于仲文《うちゅうぶん》に書き送った詩である。

与隋将于仲文　隋将《ずいしょう》于《う》仲文《ちゅうぶん》に与《あた》う

神策究天文　神策《しんさく》　天文《てんもん》を究《きわ》め

妙算窮地理　妙算《みょうさん》 地理《ちり》を窮《きわ》む
戦勝功既高　戦勝《せんしょう》 功《こう》 既《すで》に高《たか》し
知足願云止　足《た》るを知《し》りて 願《ねが》わくば云《ここ》に止《や》めよ

大意は——あなたの作戦のお手並みは、上は天文、下は地理に精通し、まことに見事です。戦勝の功績は、もうじゅうぶんでしょう。このあたりで、進撃をおやめになりませんか。

——


結局、このあと、隋軍は歴史的な大敗を喫し、それが隋滅亡の一因となった。

大友皇子の詩と同じく、乙支文徳の詩も、表現は硬く、政治色が濃い。いわゆる「詩」のイメージとは、ほど遠い。日本も朝鮮半島も、最初の漢詩と目される作品がこのようなものであることに、時代の緊張した雰囲気が感じられる。

天武《てんむ》天皇の息子である大津皇子《おおつのみこ》（六六三～六八六）も、漢詩漢文をよくした。『日本書紀』には「詩賦の興ること、大津より始まる」とあり、彼が書いた漢詩は『懐風藻』にも四篇が収録されている。

大友皇子も、大津皇子も、それぞれ父のあとを次ぐ天皇と目されながらも、非業の死をとげた。

藤原京の失敗

政治の波瀾《はらん》はあったものの、大局的に見ると、日本の国づくりは着実に進んでいた。「天皇」という称号が定着したのは、天武天皇（?〜六八六）の時代と推定される。天武天皇は、我が国最初の計画都市の建設を着工させ、また漢文による国史の編纂事業（後に『古事記』として完成するもの）に着手させたが、どちらの完成も見ぬうちに亡くなった。

天智天皇の娘で、天武天皇の皇后でもあった持統《じとう》天皇は、夫の遺志を継ぎ、藤原京を造営した。これは、現在の橿原市にあり、中国の都城を模倣した我が国最初の計画都市で、道路や建物は碁盤《ごばん》の目のように整然と配置されていた。藤原京は、近年の発掘調査によって、従来考えられていたよりもずっと大規模で、その面積は、平城京や平安京をしのぐ可能性が出てきた（いわゆる「大藤原京説」）。

建築も、当時としては壮麗で、宮殿は日本史上初めて瓦葺《かわらぶ》きとなった。古代社会において、屋根瓦はたいへんな贅沢品であり、それまでは寺院の屋根などに限って使われていたが、藤原京ではそれを推定二百万枚も使い、瓦葺きの宮殿を実現したのである。

藤原京は、持統天皇八年（六九四）から元明《げんめい》天皇の和銅《わどう》三年（七一〇）の平城遷都まで、三代十六年のあいだ日本の首都となった。

せっかく造営した大規模な都城が、わずか十六年で見捨てられた理由については、諸説がある。一説によると、造営にあたって漢文の知識に頼りすぎたせいであると言う。

儒教の経典『周礼《しゅらい》』はじめ、漢文の古典に載せる都城造営の理念では、王宮は、都城の中心部に作ることになっていた。しかし都城の中心部に王宮があると、いろいろ不都合が生じる。そこで中国人は、実際に都城を造営する際は、理念を少しだけ曲げて、王宮部分を都城の北端に接するように作った。こうすれば、王宮が交通の邪魔になることもない。中国では、都城は、北が高く南がやや低い平地に作ることになっていたから、下水の管理も容易になる（北の王宮から出た下水は、自然に南のほうに流れる）。

ところが、藤原京を造営した当時の日本人は、計画都市の建設は初めてだった。漢文古典の理念を額面どおりに受け取り、王宮を藤原京の中央に作ってしまった。そのため、大雨になると道路の側溝からあふれ出た汚水が王宮に流れこむなど、不都合も生じた。漢文には、「尽《ことごと》く書を信ずれば則《すなわ》ち書無《な》きに如《し》かず」（『孟子《もうし》』尽心下）とか、

「百聞は一見にしかず」（『漢書《かんじょ》』趙充国伝から）ということわざがある。当時、遣唐使の派遣は、天智八年（六六九）以来、途絶えていた。もし、藤原京を造営していたころの日本人が、唐の都城を実地見学する機会に恵まれていたら、藤原京の失敗は避けられたかもしれない。

「日本」承認への努力

遣唐使が、天智八年（六六九）を最後に三十年以上も途絶えていたのには、わけがある。唐の歴史を記した正史には、九四五年成立の『旧唐書《くとうじょ》』と、これを増補改訂して一〇六〇年に成立した『新唐書《しんとうじょ》』の二つがある。『新唐書』には、次のような記載がある（訳文のみ示す）。

咸亨《かんこう》元年（六七〇）、日本から使者が来て、唐が高句麗を平定したことを祝賀した。その後、日本の使者は、しだいに中国語の発音に習熟した。「倭」という呼称を嫌って、あらためて「日本」と号した。使者は、「我が国は、日がのぼる場所に近いので、日本と名乗ることにしました」

とか、あるいはまた、

「日本はもともと小国でしたが、倭国に併合され、倭国はその名を奪って国号としたのです」

などといい加減に答え、真相について述べなかった。これらの説は疑わしい。


当時は、白村江の戦い（六六三）からまだ数年しかたっておらず、日中両国の関係が緊張していた時代だった。

このときの倭国からの使者（遣唐使）は、中国に到着した当初は、筆談で漢文を書いて意思疎通をしたのであろう。現代でも日本人は、英語の読み書きはできても、発音や会話は苦手である。遣唐使の時代の日本人も、中国語より漢文のほうが得意だったろう。

『新唐書』の記述は曖昧《あいまい》だが、遣唐使の一行は、中国に長期滞在して中国語の発音に慣れたあと、会話のなかで、従来の「倭国」「倭人」に代えて、「日本」「日本人」という自称を使用したらしい。非公式に新しい自称を使い、中国側の反応を試した可能性もある。

中国側から見ると、これは、けしからぬ行為だった。

当時の中国人は、「倭国」を属国視していた。現に、奴国王や、卑弥呼、「倭の五王」など、倭人は過去に何度も中国に朝貢してきた。その倭人が、中国の承認を得ずに勝手に「日本」と改名したのである。中国側は、倭人が何かを企んでいるのではないか、と疑った。当時の外交慣例では、何かよほどの理由、たとえば易姓《えきせい》革命で王統が替わる、などの事情がない限り、中国は属国の改名を認めなかった。

ところが、天智八年の遣唐使は、中国側の承認も得ず、しかも王朝交替などの理由もないのに、勝手に「日本」という新国号を名乗った。中国側は遣唐使に、「日本」に改名した理由を詰問した。遣唐使は覚えたての中国語でたどたどしく回答し、それがますます中国側の不信感をあおった——そんな経緯が、『新唐書』の記述から見えてくる。

なお、使者の回答「日本はもともと小国でしたが、倭国に併合され」云々は、神武《じんむ》天皇の軍勢が「日のもとのクサカ」に上陸したという建国の歴史を述べたものである可能性がある。

この天智八年の遣唐使のあと、三十年余りものあいだ、遣唐使派遣が途絶していた。唐が依然として「倭国」を属国視し、日本への改名を承認しなかったことが一因かもしれない。

「日本」の承認

文武《もんむ》天皇の大宝元年（七〇一）、大宝律令が完成し、唐にならって整然とした官位制が整えられ、断続的だった元号の制度も定着するようになった。

七〇二年、日本は遣唐使を約三十年ぶりに唐に派遣した。翌七〇三年、遣唐大使の粟田真人《あわたのまひと》は、唐の都・長安に到着し、女帝の武則天《ぶそくてん》（則天武后。六二四〜七〇五）に謁見《えつけん》した。『旧唐書』は、真人を、文明人として好意的に描いている。

進徳冠《しんとくかん》（太子専用の冠）を冠《かむ》り、其の頂《いただき》に花を為《つく》り、分かれて四散す。身に紫袍《しほう》を服し、帛《はく》を以て腰帯と為《な》す。真人は経史《けいし》を読むことを好み、文を属《つな》ぐことを解し、容止は温雅なり。則天は之《これ》を麟徳殿《りんとくでん》に宴《えん》し、司膳卿《しぜんけい》（食膳を司る官）を授け、放《はな》ちて本国に還《かえ》らしむ。

このときの遣唐使は、改めて「日本」という新国号を中国側に伝えた。意外にも中国側は、すんなりと了承した。以後、中国の公式の文書では、旧来の「倭国」に代わって「日本」という国名を使用することになった。

当時の最高権力者は、武則天（則天武后）だった。中国史上唯一の女帝となった彼女は、破天荒で新奇なことを好んだ。四文字の元号を制定したり、唐の国名を「周」と改めたり、

「則天文字」と呼ばれる新しい漢字を制定したりした。日本という新国号があっさり認められたのは、相手が武則天なればこそだったかもしれない。

武則天は七〇五年に失脚し、そのまま死去した。もし遣唐使派遣があと二、三年も遅れていたら、中国側に日本という新国号を承認してもらうチャンスを逃していたかもしれない。もし当時の日本人が、そこまで計算したうえで、タイミングを見計らって遣唐使派遣を再開したのだとしたら、その外交的センスはたいしたものである。

今日のわれわれも、先祖が対中外交で見せたねばり強さに学ぶことは多い。

地名の二字化

天智天皇の第四皇女であった元明《げんめい》天皇（在位七〇七〜七一五）の治世は、わずか八年間だったが、後世に大きな影響を与えた事業が次々と行われた。

七〇八年　武蔵《むさし》国秩父《ちちぶ》で純度の高い自然銅が発見されたのを機に、「和同開珎《わどうかいちん》」を鋳造。「同」は「銅」の減画略字、「珎」は「珍」の異体字である（「和同開寳」説もある）。

七一〇年　藤原京より平城京に遷都し、奈良時代が始まる。

七一二年　太安万侶《おおのやすまろ》が『古事記』を献進。
七一三年　全国の国名（地名）の表記を、好字の二文字に改めるよう命令を出す。
七一五年　元明天皇は老齢を理由に娘（元正天皇《げんしょう》）に譲位（その後、七二一年に崩御《ほうぎょ》）。

『古事記』は、現存するものとしては、我が国最古の歴史書である。この本については、後述する。

八世紀初頭まで、日本の地名の漢字表記は、まだ固定化されておらず、字面も奇妙なものが多かった。例えば、東国のムサシ（古くはムザシ、と濁音）という地名は、无邪志、牟邪志、胸刺など、いろいろな書きかたがあった。无邪志は「よこしまな志《こころざし》が无《な》（無）い」というよい意味の宛字《あてじ》だが、胸刺という字面は物騒である。こうした状況は、他の地名でも同様だった。

中国では、地名はおおむね二文字であった。そこで元明天皇は、中国の習慣に倣《なら》い、日本の諸国名を二字の好字に改めさせた。

和語の地名に対する漢字のあてかたは、かなりおおらかだった。例えばムサシには「武蔵」という漢字をあてた。武蔵の漢字音はムザウ（旧仮名遣《きゅうかなづか》い）で、和語ムサシ（ムザシ）

の発音とかなり違うが、近似値の範囲内ではある。他の諸国名も同様であった。

この七一三年の法令が後世に与えた影響は大きく、この後、日本では、国名以外の地名も二字の好字で表記されることが多くなった。

残念なのは、和語では同系の地名が、漢字では別々に書き分けられ、地名の相互の関連性が見えにくくなったケースが多々あることである。

例えば、和語ヤマトは「山のあたり」（山処《やまと》）の意味の普通名詞が地名に転用されたものだが、全国各地のヤマトの漢字表記は、大和・山門・山都・山戸・山登などバラバラである。福岡県山門郡大和町（現・柳川市）のように、山門と大和が並列する状況さえ見られる。阿波《あわ》・淡路《あわじ》・安房《あわ》とか、安曇《あずみ》・渥美《あつみ》・熱海《あたみ》も、それぞれ同系の地名である。これは、古代の海洋民の移住ルートの名残であるが、漢字表記では関連性が見えにくくなっている。

今日の都道府県名も大半が二字である。読者がお住まいの市町村名は、何字だろうか。千三百年前に出された法令が、いまもわれわれの日常生活に影響を与えているというのは、考えてみればすごいことだ。平成の市町村合併で新しい地名を作るときは、千年後の子孫のことも念頭において、しっかり考えたいものである。

日本文明の自覚

古来、中国文学の王道は「歴史」であった。

幼いころから漢文に親しんだ夏目漱石は『文学論』のなかで、若いころ文学と言えば「左国史漢」だと思っていた、と述懐している。古代中国の漢文で書かれた四つの歴史書『春《しゅん》秋《じゅう》左《さ》氏《し》伝《でん》』『国語』『史記』『漢書』は、長いあいだ、東洋の知識人の必読書であった。

日本人も、漢文の歴史書を編纂した。聖徳太子は『天皇記』『国記』を編纂したと伝えられるが、これらは焼失して伝わらない。現存最古の歴史書は、和化漢文で書かれた『古事記』（七一二年成立）と、純正漢文で書かれた『日本書紀』（七二〇年成立）である。

八世紀初めの時点で日本が自国の歴史書をもったということは、驚くべきことである。

中国の周辺民族の多くは、自分たち民族独自の歴史書を作らなかった。

例えば、北方遊牧民族の匈奴は、しばしば漢民族を圧迫したほど強大な武力をもっていたものの、自民族の歴史を文字で記録することはなかった。そのため、匈奴の歴史は、漢民族による記録、例えば『史記』の「匈奴列伝」などの記述によってしか、うかがい知ることはできない。

朝鮮民族も、古くから漢字文化を吸収してきたにもかかわらず、自民族の歴史書を作ることは、長いあいだできなかった。朝鮮民族が自身の歴史を体系的に述べた最初の歴史書は、一一四五年成立の『三国史記《さんごくしき》』で、日本より四百年以上も遅い。

匈奴や朝鮮民族が自分たちの歴史書を作ることができなかった理由は、自分たちが独自の「文明圏」であるという自覚をもてなかったことにある。

「文明」や「文明圏」は近代西洋の概念であるが、東洋にも「天下」という、それに近い概念の語が存在した。

中国の漢文で「天下」と言えば、中国を中心とする文明圏全体を意味した。しかし、日本語の「天下」が指す範囲は、いわば「日本文明圏」に限定される。

四方を海で囲まれた日本の生活圏は、意外に広い。遊牧民族の匈奴は交易なり戦争なりで中国文明から物資を補給しなければ生存できなかったが、日本人は自給自足が可能だった。

朝鮮民族は地続きの中国から常に干渉《かんしょう》を受けたが、日本人はその気になればいつでも鎖国が可能だった。そのおかげで、日本人は、自分たちの「天下」（文明圏）という概念をもつことができたのである。

中国の史書も、日本の史書も、「天下」の歴史を書く、という自覚のもとに編纂された。ただ、その「天下」が指す範囲は違った。

例えば、初代天皇である神武天皇の和風諡号は「始馭天下之天皇」（はつくにしらすすめらみこと）、すなわち「初めて天下を支配された天皇」である。この「天下」は日本を指し、中国は含まない。

「日本文明」という自負のニュアンスを帯びた「天下」という語は、七四三年、聖武《しようむ》天皇が発した「大仏造立の詔」のなかにも使われている。

夫《そ》れ天下の富を有《たも》つ者は朕なり。天下の勢《いきおい》を有つ者も朕なり。この富勢を以《もつ》て、この尊像を造る。事《こと》や成《な》り易《やす》くして心や至《いた》り難《がた》し。（『続日本紀《しよくにほんぎ》』。原文は漢文）

この大意は――天下の富をもつ者は朕（天皇の自称）である。天下の権勢をもつ者も朕である。この富と権勢をもって大仏を造るのは、簡単なことだ。ただ難しいのは、正しい心をもつことだ。――

この聖武天皇の「天下」も、日本という意味である。当時はまだ「国力」という語はなかったものの、それに近い概念はすでにあった。

余談ながら、日本史では「天下統一」「天下分け目の戦い」などの語をよく使う。中国人の目から見ると、狭い島国なのに「天下」と称するのは、滑稽《こっけい》に思えるそうだ。

『古事記』と『日本書紀』

七一二年、和化漢文で書かれた『古事記』三巻が完成した。この本は、宇宙の始まりから筆を起こし、太古の神話や伝説を経て、推古天皇の時代までの歴史記録が書かれている。もともと稗田阿礼《ひえだのあれ》が天武天皇の勅命によって誦習《しょうしゅう》した帝紀や先代旧辞を、元明天皇の命で、太安万侶が文章に記録したものである。

当時はまだ、日本語の表記方法が確立していなかった。そのため太安万侶は、漢字の音読みと訓読みをうまく組み合わせるように苦心した。

例えば、『古事記』本文の最初は、

「アメツチの初めのときに、タカマノハラに成りませる神の御名は、アメノミナカヌシの神」

という語句で始まる。もしこれを漢字の音読みだけを借りて一音に一文字をあてて万葉仮名のように表記すると、

「阿米都知乃波自米乃等伎爾、多加麻乃波良爾那理麻勢流加微乃美那波、阿米乃美那加奴斯

之加微」

と長くなってしまう。そこで太安万侶は、和化漢文で、

「天地初発之時、於高天原成神名、天之御中主神」

の十九字にまとめた。全文を万葉仮名的に書くのに比べると、和化漢文で書けば、字数は半分で済む。意味もつかみやすくなり、読みやすい。

ちなみに、中国語訳『古事記』(浦木裕編訳)では、右の和化漢文を、

「方天地初発之時、於高天原成一神、其名天之御中主神」

と、中国人にも読めるように直している。訓読すれば、「天地、初めて発するの時に方《あた》り、高天原において一神を成す、其の名は天之御中主神」となる。和化漢文は「日本語」なので、純正漢文に直さないと、中国人には意味が取りにくいのだ。

太安万侶は、純正漢文を書くことができた。彼が書いた『古事記』序文は、中国人が読んでも感心するほどの名文である。にもかかわらず、彼は『古事記』の本文を、あえて和化漢文という「日本語」で書いた。『古事記』という書名そのものからもわかるとおり、この本の編纂目的は、我が国に伝わる古い伝承の保存にあった。日本国内向けの本であった。

この『古事記』完成のわずか八年後の七二〇年、純正漢文で書かれた『日本書紀』三〇巻

が完成した。これは、日本最初の勅撰正史《ちょくせんせいし》（天皇の命令によって、国家事業として編纂された公刊の歴史書）である。

書名に「日本」という国号をわざわざつけていることからも一目瞭然《いちもくりょうぜん》だが、『日本書紀』は、唐や新羅など外国人に読ませることも意識していた。本文も、和歌の部分など一部をのぞき、純正漢文で書いてある。『古事記』と違って、中国大陸や朝鮮半島の漢文の文献も積極的に引用するなど、意図的に国際色を打ち出している。

『日本書紀』の特長

いまも昔も、中国人にとって、歴史とは、ずばりイデオロギーである。歴史は、一義的な「定説」でなければならない。歴史には多面的な見かたがある、とか、歴史的事実は一つとは限らない、という柔軟な思考は、中国ではあまり好まれない。

司馬遷《しばせん》も、『史記』を書くにあたって、自分の見識と合致する史料だけを使い、合致しない史料や異伝は切り捨てて、一切記録しなかった。中国人にとって、歴史とはそういうものであった。

いっぽう、日本人は、そう考えなかった。日本最初の正史『日本書紀』は、中国の正史とあえて一線を画している。神話や歴史の「定説」を記述したあと、いちいち「一書《あるふみ》に曰《い》わく」（別の本にはこう書いてある）という形で、その事件に関する多数の「異伝」をも記録しているのだ。

中国の正史でも、後世の歴史家が「注釈」という形で、本文と矛盾する異説を紹介することはあった。しかし『日本書紀』では、あらかじめ本文のなかに、異説の紹介を組み込むという方式を採用した。これは英断であった。

近現代の視点から見れば、『日本書紀』の記述には不合理な点が多い。しかし八世紀当時としては、世界的に見てもすぐれた歴史書であったと言える。

古代朝鮮語と『日本書紀』

日本文学は、八世紀に始まる。この時代に『古事記』『日本書紀』『万葉集』などの著作が誕生したおかげで、われわれは、古代日本語の単語や文法、音韻などを、かなり詳しく知ることができる。

朝鮮語の研究者から見ると、古代の豊富な史料が残っている日本語が、とても羨《うらや》ましく思えるという。残念なことに、古代朝鮮人は自国語の記録に、日本人ほど熱心でなかった。

そのため、古代朝鮮語の資料は、絶望的に少ない。日本の『万葉集』には、四千五百余首にものぼる膨大な和歌が収録されている。いっぽう、新羅時代の歌謡「郷歌（ヒャンガ）」は、たった二十数首が伝わるのみである。

このほか、古代朝鮮語の単語については、十二世紀の『三国史記』とか、十三世紀の『三国遺事《いじ》』など、純正漢文で書かれた朝鮮の歴史書に出てくる固有名詞から、わずかに推定できるだけである。

こうした資料の少なさが、朝鮮語研究の大きなネックとなっている。

幸いなことに、日本の『古事記』『日本書紀』には、断片的ながら、古代朝鮮語の固有名詞も記録されている。

例えば、『日本書紀』雄略天皇五年（四六一）の条には、百済第二十五代国王・武寧《ぶねい》王が日本の各羅《かから》島で生まれ、嶋君《せまきし》と名づけられた、という記事を載せる。各羅島は、現在は加唐《かから》島と書き、佐賀県唐津《からつ》市鎮西《ちんぜい》町の沖合にある。

朝鮮民族は、長いあいだ、この『日本書紀』の記述は日本人のウソであると考えてきた。朝鮮側の歴史書に、該当する記録がなかったからである。ところが一九七一年、韓国の公州市武寧王陵から、墓誌石が発見された。これには武寧王の名は「斯麻王《しまおう》」とあり、『日本書紀』の記述の正しさが立証された。

さて『日本書紀』には「百済人《くだらひと》、此《こ》の嶋《しま》を呼《よ》びて主嶋《にりむせま》と曰《い》う」とある。この記述のおかげで、古代朝鮮語には、主という意味の「nirim（ニリム）」という単語があったことがわかる。これは、現代朝鮮語の「nim（ニム）」の古形《こけい》らしい。たったこれだけのことだが、それでも、絶望的に資料が乏しい古代朝鮮語研究においては、まるで干天《かんてん》の慈雨《じう》のような貴重な資料なのである。

奈良時代の漢文資料は、日本のみならず、近隣諸国の歴史を知るうえでも、貴重な資料となっている。

漢詩集『懐風藻』と漢風諡号

天平勝宝《てんぴょうしょうほう》三年（七五一）、日本最古の漢詩集『懐風藻《かいふうそう》』一巻が成立した。これは、近江《おうみ》朝《ちょう》（天智天皇が近江に都を置いた時代）から約八十年間にわたり、六十四人が詠んだ漢詩百二十編を、年代順に集めたものである。日本最古の歌集である『万葉集』の成立年代は、七五九年以降と推定されているから、我が国固有の文芸である和歌の詩集よりも、漢詩集のほうが成立が早かったわけである。

『懐風藻』の撰者は未詳だが、近江朝の大友皇子の曾孫で、漢学者の淡海三船《おうみのみふね》（七二二〜七八五）という説が有力である。

歴代天皇の「漢風諡号」を一括撰進《いっかつせんしん》したのも、この淡海三船だった。

諡号とは、貴人の死後に、その生前の行いを尊んで贈る名前のことである。それまでの歴代天皇の死後に贈呈されたのは、和語による国風諡号（和風諡号とも）であった。例えば、神武天皇の国風諡号は、

神日本磐余彦火火出見天皇（かむやまといわれひこほほでみのすめらみこと）

であり、天智天皇の国風諡号は、

天命開別尊（あめみことひらかすわけのみこと）

であった。和語による国風諡号は、優美だが、長くて不便だった。そこで淡海三船は、過去の歴代天皇にさかのぼって、漢語による漢風諡号をつけたのである。

例えば、特に偉大な天皇の諡号には「神」の字をつけた。神武天皇、崇神《すじん》天皇、応神天皇などがそうである。また、皇統保持のうえで節目となる天皇の諡号には、継体《けいたい》天皇、持統天皇など、それらしい名前をつけた。

天皇が漢風諡号をもつ、というのは、画期的なことだった。例えば、欧化主義に燃えた明治人も、神武天皇に「ファースト・エンペラー」という「洋風諡号」を贈る、という発想はもたなかった。

奈良時代の日本人は、漢字文化の導入に熱心だったのである。

第四章　漢文の黄金時代

千の袈裟

天武天皇の皇子を父に、天智天皇の皇女を母にもつ長屋王《ながやおう》（六八四?〜七二九）は、奈良時代の前期に活躍した政治家である。

長屋王は、漢詩文に造詣《ぞうけい》が深かった。養老三年（七一九）には、新羅からの使者を自分の邸に迎えて盛大な宴会を催し、漢詩の応酬を楽しんだ。そのときに作られた作品は『懐風藻』に収録されている。

長屋王は、国際交流にも熱心だった。彼は千人ぶんの袈裟《けさ》を、唐の僧侶たちに贈った。それぞれの袈裟には、刺繍《ししゅう》で、

山川異域、風月同天、寄諸仏子、共結来縁。

という友好のメッセージが書かれていた。訓読すると「山川域《さんせんいき》を異《こと》にすれど、風月《ふうげつ》は天《てん》を同じうす。諸仏子《しょぶつし》に寄す、共《とも》に来縁《らいえん》を結ばん」となる。「日本と中国は、互いの国土は離れていますが、自然の風物は同じです。同じ仏教徒であるみなさんといっしょに、未来へと続く

縁を結びたいと思います」という意味である。

この千人ぶんの袈裟は、遣唐使によって日本国内から中国に運ばれたものか。それとも、長屋王が資金を出して、中国国内で調達させたものか。そもそも、費用はいくらかかったのであろうか。

今日の日本では、僧侶の正装としての袈裟の価格は、袈裟の様式にもよるが、数十万円から百数十万円のあいだである。もし仮に、百万円の袈裟を千着、中国に贈るとしたら、送料や関税は別として、袈裟の調達だけで十億円かかることになる。

たぶん、長屋王のプレゼントも、今日の貨幣価値に換算して、数十億円くらいはかかったのではないか。

日本は、唐にくらべると小国、というイメージがある。しかし奈良時代の貴族は、意外に裕福だった。

一九八八年、奈良市二条大路南《にじようおおじみなみ》の長屋王の邸宅の跡地から大量の木簡が出土し、長屋王の贅沢な生活ぶりが明らかとなり、話題となった。彼にとって、日中友好のための数十億円ていどの投資は、高いものではなかったのかもしれない。

長屋王は、七二九年、藤原氏との政争に敗れ、自殺に追い込まれた（長屋王の変）。彼は非業の最期を遂げたが、その情熱は無駄にならなかった。

「宣教師」ではなかった鑑真

唐の高僧・鑑真《がんじん》（六八八～七六三）は、日中友好の歴史を語るうえで必ず言及されるキーパーソンの一人である。彼は、日本側の招請《しょうせい》をうけて、命の危険をおかして来日した。その理由の一つは、長屋王が唐に贈った袈裟であった。

淡海三船の著と言われる『唐大和上東征伝《とうだいわじょうとうせいでん》』によると、日本人から「伝戒の師」の派遣を要請された鑑真は、初め、弟子たちのなかから適切な人材を選んで日本に派遣しようと考え、弟子たちに次のように呼びかけた（原文は漢文だが、訳文のみ示す）。

「以前、聞いたところでは、南岳《なんがく》の恵思《えし》禅師（天台宗の祖師《そし》の一人）は、遷化《せんげ》（高僧が死ぬこと）したあと、倭国の王子（聖徳太子のことを指すか？）に生まれかわり、仏法を興隆して衆生《しゅじょう》を済度《さいど》したと言う。また、日本国の長屋王は、仏法を崇敬し、千の袈裟を作って我が国の大徳（高僧のこと）や衆僧（ふつうの僧侶）に贈ったが、その袈裟の縁には刺繍で『山川異域、風月同天、寄諸仏子、共結来縁』の四句が縫いとってあった、と聞いている。こうした話から考えると、日本はまことに仏法興隆の有縁《うえん》の国である。いま、ここにいる我が同法の諸君に問う。日本人の要請を受けいれて、日本国に渡って仏法を伝えようという者は、誰かいないか」

鑑真の言葉に応える弟子は、いなかった。航海技術が未熟だった当時、海を渡るのは、命がけであった。

鑑真は、自分自身が日本に渡ることを決意した。そして、船の難破などの理由で五度も失敗した末に、七五三年、ようやく日本に到着した。

日本に渡来した外国人の僧侶は多い。すでに六世紀ごろから、百済や高句麗の僧侶が渡ってきていた。南インドで生まれたインド人僧侶・菩提僊那《ぼだいせんな》（七〇四?~七六〇）も唐にいたとき、日本の遣唐使の招請を受けて七三六年に来日し、七五二年の大仏開眼《かいげん》の式典では導師をつとめた。しかし、鑑真ほど高位の僧侶が来日したのは、日本史上、空前のことであった。

注意すべきは、鑑真も含め、これら来日僧は「宣教師」ではなかった、ということである。

キリスト教の宣教師は、伝道のために、彼らが「未開」とか「異教」と見なす国々に命がけで渡った。しかし来日僧は、多くの場合、日本側の招請を受けてやってきた。鑑真が何度も渡海に失敗したのは、むしろ例外で、来日僧の多くは比較的スムーズに日本にやってきた。鑑真が長屋王のことを引用したように、来日僧は、日本を「未開」とは思っていなかった。むしろ、仏法興隆に熱心な新興の文明国、という好意的イメージを抱いていた。

日本人は、応神天皇の時代から、外国から最適な人材を招請することに長けていたと言える。奈良時代もそうだったし、明治の「お雇い外国人」もそうだった。

三人の留学生

七一七年、日本は唐に第八次となる遣唐使を派遣した。このとき唐に渡った一行の数は五百五十七名。そのなかには、吉備真備《きびのまきび》（六九五〜七七五）、阿倍仲麻呂《あべのなかまろ》（六九八〜七七〇）、井真成《いのまなり》（六九九〜七三四）という三人の留学生がいた。いずれも当時、二十歳前後の若者だった。

同じときに唐の土を踏んだこの三人は、その後、別々の人生を歩むことになる。

吉備真備は、奈良時代を代表する学者政治家の一人となった。

阿倍仲麻呂は、鑑真と同じく、日中友好の歴史で今日でもよく引き合いに出される重要人物の一人である。

井真成は、長いあいだ歴史に埋もれた人物であった。二〇〇四年十月、中国の西安市《せいあん》（唐の都・長安）で「井真成」の墓誌が発見され、話題となった。井真成が日本名なのか、中国での生活のためにつけた中国名だったのかは、不明である（遣唐留学生の多くは、在唐中、中国風の名前を名乗った）。現代日本のメディアでは、彼の名を、セイシンセイないしイノマナリと読む。

当時、唐に渡った留学生は、それぞれの学識や家柄に応じ、国子学《こくしがく》、太学《たいがく》、四門学《しもんがく》などのコースに分かれて学んだ。

国子学と太学は、現在の国立大学にあたる。入学者は、五品《ごほん》以上の家柄の者に限られた。いっぽう四門学は、七品以上の家柄の者とされていた。

阿倍仲麻呂は、名門のアベ氏だったので、太学への入学を許可された。アベは、漢字では阿倍、安倍、安部、阿部などいろいろと表記される。どのアベさんも先祖は同じである。仲麻呂は、七世紀中期に活躍した将軍・阿倍比羅夫《あべのひらふ》（生没年不詳）の孫ないし甥《おい》と言われる。平安時代に活躍した陰陽師《おんみょうじ》・安倍晴明《あべのせいめい》も、仲麻呂の遠戚である。

吉備真備は、備中国《びっちゅうのくに》下道郡《しもつみち》（現在の倉敷市真備町《まび》）の地方豪族であった。都の貴族ではなく、家柄が低かったので、四門学のコースに進んだ。

井真成については、その日本名も家柄も不明である。井上氏説、葛井氏説、「井」は日本の氏族名と無関係につけたという説などがある。太学か四門学か、いずれにせよ、彼もまた長安の高等教育機関で勉学に励んだことは間違いない。

唐は、国際色豊かな多民族国家だった。やる気と才能をもつ有為の人材は、外国出身者であっても、政府に重用されるチャンスがあった。

太学で勉学に励んだ仲麻呂（中国名は晁衡《ちょうこう》）は、その才能を認められ、唐の官僚となった。一説に、仲麻呂は科挙を受けて合格したとも言われる。

七三三年、日本から長安に、第九次の遣唐使が到着した。阿倍仲麻呂ら三人は、すでに在唐生活十七年に及んでいた。

このときすでに唐の官僚となっていた阿倍仲麻呂は、両親が年老いたことを理由に、辞職して帰国することを願い出た。しかし、仲麻呂の才能を愛《め》でていた玄宗《げんそう》皇帝（在位七一二〜七五六）は、これを許さなかった。仲麻呂は、不本意ながら唐に留まらざるをえなかった。もっとも、中国の正史『旧唐書』の記述では「中国の風を慕《した》いて、因《よ》りて留まりて去らず」と、仲麻呂は自分の意思で唐に残留した、と記述する。仲麻呂が老齢になってからも帰国の念を燃やし続けたという事実から考えれば、『旧唐書』の説は、たぶん誤りであろう。

吉備真備には、唐から帰国の許可が出た。彼は唐で、儒学や兵法、律暦（天文学と音楽理論）などを習得していた。真備は日本に戻ったあと、同時期に帰国した僧・玄昉《げんぼう》とともに、聖武天皇から篤《あつ》く信任され、日本の政界で大活躍することになる。

井真成も、仲麻呂と同じく官僚として唐に出仕していた。彼も、日本への帰国を熱望していた。しかし不幸にして、七三四年の正月、長安の官舎で病没した。三十六歳だった。第九次遣唐使の一行が、まだ中国に滞在していたときのことであった。玄宗皇帝はその死を惜しみ、尚衣奉御《しょういほうぎょ》の官位（従五品上）を追贈した。

当時、阿倍仲麻呂の官位は、従五品下だった。もし真成が長生きしていたら、あるいは、吉備真備や阿倍仲麻呂と同じくらいの盛名を、歴史に残すことができたかもしれない。

命がけだった遣唐使

遣唐船は、別名「四《よつ》の船《ふね》」と呼ばれたように、四隻の船団だった。航海技術が未熟だった当時、船はよく難破した。第九次遣唐使の帰国のときも、吉備真備と玄昉を乗せた第一船はなんとか種子島に漂着することができたが、残りの三船は難破してしまった。

真成は唐の土となり、真備は日本に帰り、仲麻呂は唐に留まった。仲麻呂が、唐にあって

故郷を思って詠んだという和歌、

あまの原ふりさけ見ればかすがなるみかさの山にいでし月かも

は、後世「百人一首」にも採られたほど有名である。

七五二年、奈良で大仏が完成した年、日本からの第十次の遣唐使が長安に到着した。このときの遣唐副使（遣唐大使に次ぐナンバー2）は、吉備真備だった。

すでに在唐三十五年になっていた阿倍仲麻呂は、ふたたび玄宗皇帝に帰国を願い出た。今回は、許しが出た。

仲麻呂は魅力的な人物だったようで、中国史上、屈指の大詩人である李白《りはく》（七〇一～七六二）や王維《おうい》（七〇一ころ～七六一）とも親しく交遊していた。唐の朝廷が開いた仲麻呂の送別会の席上で、王維が贈った次の漢詩は、中国でも有名である。

送秘書晁監還日本国　秘書《ひしょ》晁監《ちょうかん》の日本国に還《かえ》るを送る

積水不可極　積水《せきすい》極《きわ》むべからず

安知滄海東
九州何処遠
万里若乗空
向国惟看日
帰帆但信風
鰲身映天黒
魚眼射波紅
郷樹扶桑外
主人孤島中
別離方異域
音信若為通

安《いず》くんぞ滄海《そうかい》の東を知らん
九州　何処《いずこ》か遠き
万里《ばんり》　空《くう》に乗《じょう》ずるが若《ごと》し
国に向かうは惟《た》だ日を看《み》
帰帆《きはん》　但《た》だ風に信《まか》す
鰲身《ごうしん》　天に映じて黒く
魚眼　波に射て紅《くれない》なり
郷樹　扶桑《ふそう》の外
主人　孤島の中
別離　方《まさ》に異域なれば
音信　若為《いかん》ぞ通ぜん

右の漢詩には、見事な序文があるが、紙数の都合上ここでは紹介を略す。詩の大意は——果てしない海のかなたへと、あなたは帰ってゆく。万里の旅路は、何もない宙を進むようなもの。あなたの船は、東の日がのぼる方角に向かって、風まかせに進んで行くことでしょう。

青い空と海のあいだで、巨大なウミガメの体は黒く、波間に見える魚の目は赤いでしょう。いにしえの神仙の島よりも遠い故郷に帰ったあなたと、今後は、もう二度と連絡はとれないでしょう。――

七五三年、遣唐使の一行は日本にむけて帰国の途に就いた。それまで五度も渡航に失敗していた鑑真も、このときの船に同乗している。

吉備真備や鑑真が乗った船は、無事に日本に帰りついた。しかし、遣唐大使の藤原清河《ふじわらのきよかわ》と阿倍仲麻呂が乗った第一船は難破し、行方不明となった。

長安でその悲報を聞いた李白は、次のような漢詩を詠んだ。

哭晁卿衡
日本晁卿辞帝都
征帆一片遶蓬壺
明月不帰沈碧海
白雲愁色満蒼梧

晁卿衡《ちょうけいこう》を哭《こく》す
日本の晁卿帝都を辞し
征帆《せいはん》一片蓬壺《ほうこ》を遶《めぐ》る
明月《めいげつ》帰らず碧海《へきかい》に沈み
白雲愁色《しゅうしょく》蒼梧《そうご》に満つ

大意は——日本の晁衡どのは、帝都（長安のこと）を去った。進みゆく船の帆は、蓬壺（仙人が住むという伝説の島、蓬萊《ほうらい》と方壺）のあたりをめぐった。明月のように高潔な彼《か》の人は、もう二度とは帰れない。碧の海に、沈んでしまった。悲しみの色を帯びた白い雲が、蒼梧の沖合の海に広がっている。——

しかし、仲麻呂は生きていた。難破した船は、からくも安南《アンナン》（現在のベトナム）に漂着した。現地の住民の襲撃を受けて、多数の死者を出したものの、仲麻呂や遣唐大使の藤原清河は、七五五年に長安にもどった。その直後、安禄山《あんろくざん》の乱が起こった。唐の社会は大混乱となり、もはや帰国どころの騒ぎではなくなった。

阿倍仲麻呂は、帰国をあきらめ、ふたたび唐で官途に就き、最後は安南節度使（ベトナムの総督）という要職をつとめた。七六七年、任を解かれて長安にもどり、七七〇年、唐土に没した。死後、唐王朝から従二品の官位を追贈された。

呉音と漢音

日本語の漢字の読みかたは、難しい。

例えば「文」という漢字は、中国語では「ウェン」、朝鮮語では「ムン」と読む。いずれも音読みで、それ以外に読みようがない。

ところが日本語では、「文」の字音（音読み）は「モン」「ブン」、字訓（訓読み）は「ふみ」「あや」など、さまざまに読まれる。

天文学はテンモンガクだが、文学はブンガクである。古文書はコモンジョだが、ビジネス文書はブンショである。

女優の若尾文子さんは「あやこ」だが、漫画家の高野文子さんは「ふみこ」である。

日本語の漢字で、訓読みと音読みが違うのはまだしも、音読みまで複数あるのは、考えて見れば不思議である。現に、中国語でも朝鮮語でもベトナム語でも、漢字は一字一音であり、それで不都合はない。

日本でだけ、漢字が複数の字音をもつ理由は、「棲《す》み分《わ》け」という日本文化固有の現象による。

例えば、中国や朝鮮では、権力者の交替は王統の交替を意味した。しかし日本では旧来と新来の権力者は、天皇家、摂関家《せっかんけ》、将軍家など、仲よく棲み分けた。元号についても、日本以外の漢字文化圏では全廃したのに、日本では西暦と元号が棲み分けて生き残っている。

漢字の字音でも、棲み分け、という現象が起きた。日本漢字音は、木の年輪のように、古い層のうえに新しい層がつみかさなって、それぞれ共存している。最古層は、六世紀までに日本語に入った漢字音である。古い字音のなかには、そのまま和語になり、字訓になったものも多い。

日本語の「うま（馬）」「うめ（梅）」「ほとけ（仏）」などは、字訓であり、和語である。しかしそれぞれの語源は、実は、古い時代の漢字音を、それぞれ日本語風になまったものである。現代日本人にとって、バ、バイ、ブツは音読みだが、うま、うめ、ほとけ、は、もはや和語としか感じられない。

これらに比べると歴史はくだるが、「ふみ（文）」「かみ（紙）」「おに（鬼）」という字訓の語源も、「文」「箇」「隠」の古い字音「フン」「カン」「オン」である。昔の日本人は、音節の最後を必ず母音（アイウエオ）で止める、という発音のくせがあった。フンもカンもオンも、ン（n）という子音で止めず、母音イを添えて日本風に「フニ」「カニ」「オニ」と発音された。フニとカニの場合は、さらに音転して「フミ」「カミ」と読むようになった。

「文」の二つの漢字音のうち、モンを呉音、ブンを漢音と呼ぶ。

呉音は、五世紀から六世紀ごろにかけて、日本に流入した漢字音を、日本語風になまったものである。当時の中国大陸は、南北朝時代と呼ばれる乱世の時代だった。五世紀の倭の五王は、漢民族系の南朝を正統の王朝と見なし、南朝の首都・建業《けんぎょう》（現在の南京《なんきん》市）に使節を派遣した。日本に入ってきた漢字音も、南朝式の漢字音だった。

ところが七世紀に唐が興《おこ》ると、困ったことになった。唐の都の長安（現在の西安市）は、建業よりずっと西北に離れていた。同じ中国語でも、その発音は、英語とオランダ語くらい違っていた。例えば「文」という字も、建業ではモンと発音したが、長安ではブンと発音した。遣唐使とともに長安に渡った留学生・留学僧は、こうした新しい発音を学び、それを日本に持ち帰った。

古くからの建業ふうの発音は、日本で呉音と呼ばれるようになった。「呉」は、中国の南方の一地方を指す地域名称である。日本から見て日暮れの方角にあるので、訓読みでは「くれ」と読む。

新しい長安ふうの発音は、日本で漢音と呼ばれるようになった。「漢」は、この場合は王朝名ではなく、「漢字」「漢民族」の漢と同じく広い意味での中国を指す。唐の時代の発音なのに「漢音」と呼ぶので、まぎらわしい。

漢字音の複数化は奈良時代から

奈良時代から平安時代の初めにかけて、日本の朝廷では、漢字の音読みをどうするかで、大きな論争になった。

七三五年、唐から帰国した吉備真備は、袁晋卿《えんしんけい》という名の若い中国人を伴っていた。袁晋卿は朝廷から重用されて、大学音博士となり、日本人に漢音を教授した。彼はのちに朝廷から清村宿禰《きよむらのすくね》の姓を賜って、大学頭《だいがくのかみ》にまで出世した。

当時、日本の朝廷は、旧来の呉音をやめて、新しい漢音を普及させようとした。実際、儒学者や貴族は、遣唐使がもたらした漢音を熱心に学んだ。

ところが僧侶や庶民は、漢音を学ぼうとせず、旧来の呉音を使い続けた。

日本は昔から、学閥《がくばつ》の弊害が強い国である。昭和の初めまで、planet の訳語として、東大系の学者は「惑星」を、京大系の学者は「遊星」を使っていた、という伝説的な逸話は有名である。奈良時代の日本の学界も、漢音派と呉音派に分かれてしまった。

吉備真備のように、新しい学問によって身を立てた新興の学者は、漢音派だった。いっぽう、すでに日本で確固たる勢力を築いていた僧侶階級は、呉音に固執した。

結果として、日本の漢字音は、漢音と呉音が併存する二重構造となってしまった。とくに仏教関連の用語は、いまも呉音で読むことになっている。

例えば同じ「礼拝堂」でも、お寺のなかにある建物なら「ライハイドウ」、キリスト教の教会のチャペルの意味なら「レイハイドウ」と読まねば、日本語として間違いになる。一字一音を原則とする中国語や朝鮮語では、このようなことはない（なお、礼の呉音はライ、漢音はレイ。拝の呉音はへ、漢音はハイ。堂の呉音はドウ、漢音はトウ。「礼拝堂」を漢音読みすると「レイハイトウ」、呉音読みすると「ライヘドウ」となる。つまり、仏寺のライハイドウも、教会のレイハイドウも、呉音と漢音をちゃんぽんにした読みで、厳密に言うと筋が通っていないのだ）。

このような混乱は、日本語では珍しくない。

例えば、外来語のゴム、ガム、グミは、語源となった西洋語では、同一の語である。しかし日本人は、輪ゴムやタイヤに使う材料はゴム（オランダ語）、口に入れるのはガム（英語）、果汁などの味をつけた菓子はグミ（ドイツ語）と、細かく言い分ける。ゴムやグミを、英語式の「ガム」に統一しよう、という声はない。日本語では、ゴム、ガム、グミと言い分けたほうが、意味が狭くなって、便利だからである。

日本語で、呉音と漢音が併存するようになってしまったのは、ゴム、ガム、グミの関係と似ている。

日本では、呉音・漢音のほかに、一部の漢字については、鎌倉・室町時代の中国語音を反映した「唐宋音」や、日本人の誤解にもとづく「慣用音」など、特殊な音読みもある。

例えば、行商、旅行、行脚は、それぞれギョウショウ（呉音）、リョコウ（漢音）、アンギャ（唐宋音）と読み分けねばならない。同じ京都の略称でも、京大はキョウダイ（呉音）なのに、京阪神はケイハンシン（漢音）である。洗《せん》、攪《かく》、耗《もう》の字音は、正しくはそれぞれセイ、コウ、コウであるが（漢音）、誤読をする人があまりに多いため、それぞれセン、カク、モウという慣用音が成立してしまった。攪拌《かくはん》はコウハン、消耗品《しょうもうひん》はショウコウヒンと読むのが本当は正しいのに、現在では、正しく読むとかえって間違っていると誤解される。

西洋語でも、例えばfolkloreをフォークロアと英語読みすれば「民話」の意だが、フォルクローレとスペイン語読みすれば「民俗音楽」の意になる。ただし、一国の言語のなかで、同じ単語について複数の読みがあり、しかもそれによって微妙に意味が変わるという状況は、日本以外ではあまりないようだ。

孫子の兵法

遣唐使と言うと、文化を通じた平和友好の使者、という美化されたイメージが今日では強い。しかし実際には、遣唐使には、唐の軍事情報の収集、という焦臭《きなくさ》い側面もあった。

吉備真備も、留学中に『孫子《そんし》』を含む中国の兵法を研究した。彼は七三五年に帰国したとき、書物や楽器とともに、各種の武器のサンプルを聖武天皇に献上した。

当時、日本の仮想敵国は、新羅であった。長屋王が自分の邸宅で新羅の使者をもてなし、漢詩の応酬をするなど、友好的な時期もあったが、基本的には両国の関係はよくなかった。

遣唐使船がしばしば難破した主因も、新羅との関係悪化にあった。遣唐使船は、新羅の沿岸を航海して中国に向かうという安全なルートを、たどることができなかった。危険を承知で、あえて東シナ海を横断しなければならなかった。

『続日本紀』巻第十九は、こんな事件を伝える。

――七五三年正月、唐の都長安で、玄宗皇帝は各国の使節から朝賀を受けた。このとき、唐側が準備した席順は、日本は西の二番目で、新羅は東の一番目だった。このとき遣唐副使だった大伴《おおともの》古麻呂《こまろ》（もう一人の遣唐副使は吉備真備）は、

「日本の朝貢国であった新羅の使節が、自分たちより上座に座るのはおかしい」

と唐側に抗議し、新羅と日本の座席を入れ換えさせた。――

二年後の七五五年、唐で安禄山の乱が起きた。七五八年、渤海《ぼっかい》に遣わされていた小野田守《おののたもり》が帰国し、詳しい情報をもたらした。

ときの権力者・藤原仲麻呂《ふじわらのなかまろ》（七五八年、孝謙上皇《こうけんじょうこう》から恵美押勝《えみのおしかつ》の名を与えられる）は、日本史上、最も中国にあこがれた政治家であった。それまでの官庁名や官職名を、唐風に改めたほどだった。

唐が安禄山の乱で混乱していることを知った仲麻呂は、さっそく、海外に出兵する計画を立てた。唐王朝を支援するためではなく、唐の朝貢国だった新羅を征服するためである。仲麻呂があこがれていたのは、唐の大国としてのステイタスであり、唐そのものではなかった。

計画された陣容は、軍船四百艘《そう》、兵四万、水手《かこ》一万七千。当時の海外遠征軍としては、世界的に見ても大軍である。遠征軍を率いる節度使《せつどし》（将軍）は三人で、仲麻呂の子である恵美朝狩《あさかり》、百年前に新羅に滅ぼされた百済王の子孫百済敬福《くだらのけいふく》、そして吉備真備が任命された。

仲麻呂にとって、吉備真備はけむたい政敵だった。しかし、さすがの仲麻呂も、唐で軍事を学んだ専門家である吉備真備を、将軍の一人に任命せざるをえなかった。

新羅出兵は、七六二年に実施される予定だった。新羅からの渡来人を集めて従軍通訳を養成するなど、国内での戦争準備は着々と進んだ。しかし、藤原仲麻呂が頼りにしていた渤海国は、日本との共同作戦に消極的だった。外交面での戦争準備は進まず、出兵は延期された。そうこうしているうちに、孝謙上皇が弓削道鏡《ゆげのどうきょう》を寵愛し、仲麻呂を疎《うと》んずるようになった。

七六四年、あせった仲麻呂は反乱を起こした。孝謙上皇は、吉備真備に、仲麻呂の誅伐《ちゅうばつ》を命じた。唐風の兵法にたけた真備は、仲麻呂の行動を正確に予測して先回りし、短期間で反乱を鎮定した。仲麻呂は妻子とともに処刑された。

大功をたてた吉備真備は、最後は右大臣にまでのぼりつめた。地方豪族出身者としては、異例の大出世であった。

日本史上、漢学の才をもって大臣にまで進んだのは、吉備真備と菅原道真《すがわらのみちざね》の二人があるのみである。

遣唐使の終わり

舒明《じょめい》天皇二年（六三〇）の犬上御田鍬《いぬがみのみたすき》の派遣に始まった遣唐使は、二百年のあいだに十数回派遣された（中止になったものや、唐から来日した使節を送るための使者も数に入れるか否かによって、その回数は十二回説から二十回説まで、さまざまある）。

遣唐使の目的は、中国の先進的な制度や文物を摂取することにあった。その目的が達成された最後の遣唐使は、延暦《えんりやく》二十三年（八〇四）、最澄《さいちよう》・空海《くうかい》・橘逸勢《たちばなのはやなり》らが渡唐したときのものである（二十回説では、第十八回）。

平安時代初めの、橘逸勢、嵯峨《さが》天皇（七八六～八四二。在位八〇九～八二三）、空海の三人を「日本三筆」と呼ぶ。この三人とも、ずばぬけた能書家であるだけでなく、漢文への造詣も深かった。中国文化の情報は、ほぼリアルタイムで日本に伝わっていた。例えば、詩人の白楽天（七七二～八四六）の漢詩は、彼が生きていたころから、日本でも人気になった。嵯峨天皇の時代は、日本漢文史上の黄金期であった。

しかし、その次の第十九回、承和《じようわ》五年（八三八）の遣唐使は、さんざんだった。

まず、派遣前にトラブルが起きた。遣唐副使に任命された学者の小野篁《おののたかむら》（八〇二～八五二）が、正使藤原常嗣《ふじわらのつねつぐ》と対立し、派遣前に職務を拒否して逃亡する、という前代未聞の事件が起きた。当時まだ実権をにぎっていた嵯峨上皇は怒り、小野篁を隠岐《おき》に流罪にした。篁は、『令義解《りようのぎげ》』の編纂にたずさわり、またその漢詩作品が『和漢朗詠集《わかんろうえいしゆう》』などにも収録されている大学者だが、反骨精神に富む人物であった。

天台宗の僧円仁《えんにん》（七九四～八六四。最澄の弟子）もこの第十九回遣唐使のとき入唐《につとう》し、多くの経書を請来《しょうらい》した。しかし、当時の唐は最盛期をとうにすぎて、国運は斜陽だった。唐の文化史は、初唐・盛唐・中唐・晩唐の四期に分けられる。円仁は、晩唐の社会混乱を見た。ときの皇帝武宗《ぶそう》（在位八四〇〜八四六）は、経済上の理由もあって、仏教寺院の財産を没収し僧侶を還俗《げんぞく》させるという、大規模な仏教弾圧を行った（会昌《かいしょう》の廃仏）。円仁はこの事件の様子を、漢文の旅行記『入唐求法巡礼行記《にっとうぐほうじゅんれいこうき》』に記録した。

一般に、外国人の旅行記は面白く、史料としても価値がある。その国の人があたりまえだと思い、書物に記録することのないような社会生活の側面も、外国人はまめに記録するからである。円仁の『入唐求法巡礼行記』は、晩唐の社会を知るうえでの第一級の史料である。マルコ・ポーロの『東方見聞録』より歴史的価値がある、と評価する学者もいる。

結局、この第十九回が、唐に派遣された最後の遣唐使となった。唐の国力は衰退し、日本人の中国への関心も薄れた。

寛平《かんぴょう》六年（八九四）、前回から約六十年ぶりになる遣唐使が計画された。遣唐大使には、漢詩文の大家である菅原道真が任命された。しかし道真の、すでに唐から学ぶものはなくなった、という建議によって、遣唐使は廃止された。九〇七年、唐は滅亡した。

八世紀までは命がけだった日中間の航海も、九世紀に入ると、造船と航海の技術進歩によ知は、現場にある。

光文社新書

って、安全率が向上した。大陸との距離も縮まっていた。大同《だいどう》四年（八〇九）とその翌年に渤海国から来日した使者高南容のように、同一人物がわずか一年間のうちに二度も来日を果たす、という事例さえあった。

遣唐使の廃止は、ある意味で、日中間の交流の発展的解消であった。

平安時代の漢文の試験

中国では、六世紀末の隋の時代から「科挙」という官吏登用試験制度があった。科挙は、儒教の古典に対する知識や、漢詩文の作成技術を問う試験で、三年ごとに行われた。超難関の試験だったが、これに合格すれば、受験者の身分を問わず出世が約束されていた。

朝鮮半島でも十世紀から、ベトナムでも十一世紀から、歴代の王朝がそれぞれ独自の科挙を行うようになった。しかし日本は、漢字文化圏の国のなかでは唯一、科挙制度を採用しなかった。

実は日本でも、奈良時代に、科挙を行う動きがあった。しかし、日本の国情と合わなかったため、定着しなかった。日本では、科挙を受けるほど漢詩文に精通した人口は、少なかった。また、個人の学才による競争主義より、血筋による序列を重んじる気風が強かった。低い身分で学才のある者が出世するためには、僧侶になるという道が存在した。さまざまな理由により、結局、科挙は日本に定着しなかった。

漢文の試験が、まったくなかったわけではない。平安時代には、「方略試《ほうりやくし》」という難関の国家試験があった。与えられた課題に漢文を書いて答える論述試験である。

例えば菅原道真も、貞観《じようがん》十二年（八七〇）、二十六歳のときに方略試に合格した。出題および採点は学者の都良香《みやこのよしか》（八三四〜八七九）で、問題は「氏族を明らかにす」と「地震を弁ず」の二題だった（このとき道真が漢文で書いた答案は、彼の詩文集『菅家文草《かんけぶんそう》』に収録されている）。都良香は、道真を「中の上」で合格させた。

道真ほどの才人が「中の上」、というのは意外だが、方略試は採点が辛かった。道真に学んだ学者の紀長谷雄《きのはせお》（八四五〜九一二）も、その長谷雄を「無才の博士」と罵った三善清行《みよしきよゆき》（八四七〜九一八）も合格したが、いずれも「中の上」であった。「阿衡《あこう》の紛議」（八八七）の火付け役で、『日本国見在書目録《にほんこくげんざいしよもくろく》』を著した学者の藤原佐世《すけよ》（八四七〜八九七）に至っては、いったん不合格にされてから、あらためて合格とされたほどである。

方略試は難関だったが、受験者層の厚さも、合格者の恩典も、中国の科挙とはくらべものにならなかった。中国では、科挙の最終試験の合格者が宰相の地位まで昇進することは珍しくなかったのに対し、藤原氏の本家が権力を独占していた日本では、方略試に合格して官人となっても、中級官僚に昇進するのがせいぜいだった。

例外だったのは、漢詩文の才能を認められて昇進を重ね、昌泰《しょうたい》二年（八九九）、五十五歳のときに右大臣になった菅原道真である。しかし、政権を独占していた藤原氏の陰謀によって、昌泰四年、菅原道真は、大宰府《だざいふ》（いまの太宰府にあった特別官庁）の大宰権帥《ごんのそち》（大宰府の仮の長官）に左遷させられ、都を逐《お》われた。延喜《えんぎ》三年（九〇三）、菅原道真は、大宰府に左遷されてわずか二年で、失意のうちに亡くなった。

道真の死後、天皇家や藤原氏で早死にする人が多く、清涼殿《せいりょうでん》への落雷で大納言の藤原清貫《きよつら》が亡くなるなど凶事が起こった。これを道真の祟りであると恐れた朝廷は、道真の名誉を回復し、鎮魂のため彼の霊を神社で祀《まつ》った。後世、菅原道真は天満天神と同一視されるようになった。学問の神様として、いまも受験生の人気を集めている。

先にも述べたとおり、近代以前の日本で、学才によって大臣にまで出世したのは、吉備真備と菅原道真の二人だけである。その後、江戸時代に、漢学者たちが幕府の政策に影響を与えることもあったが、彼らは権力者のブレーンであり、みずから「大臣」になった者はいなかった。

血筋や門閥が重視された日本社会では、科挙制度は成り立たなかった。ただし、政治家たる者は、血筋だけではだめで、漢文の素養をもたねばならない、という意識は、日本の貴族社会にもあった。

紫式部が書いた長編小説『源氏物語』は、藤原道長の時代の貴族社会をモデルにしたフィクションである。「少女《おとめ》」の巻に、光源氏が、わが子夕霧《ゆうぎり》に『史記』など漢文の歴史書を猛勉強させ、寮試《りようし》（大学寮が行う試験）を受けさせる、というくだりがある。当時の貴族社会では、「蔭位《おんい》の制」といって、父祖の位階に応じて子孫は自動的にそれなりの官位をもらえるシステムであった。血筋が抜群によい夕霧は、寮試など受験しなくても、出世を約束されていた。当時、寮試を受けるのは、学才のある下級貴族で、これに合格しても中級官僚に出世するのがせいぜいだった。それでも光源氏は、我が子に漢文の猛勉強をさせた。

光源氏の教育方針には、作者紫式部の政治家に対する理想像や、当時の社会思潮が反映している。

宋の皇帝が羨んだ天皇制

中国の歴代王朝は、原則として、夷狄である外国を、自国と対等の国家とは認めなかった。そのため、中国の朝廷と正式の「国交」を結ぶためには、中国の皇帝に朝貢して臣従の礼を尽くし、名目的にせよ属国にならねばならなかった。

日本の朝廷は、このような屈辱を潔《いさぎよ》しとしなかった。そのため、日本と中国が政府間レベルで国交をもった期間は短い。古代の倭の五王などを別とすれば、日本の中央政府の権力者で中国に朝貢して冊封を受けたのは、明《みん》から「日本国王」に封ぜられた足利《あしかが》三代将軍・義《よし》満《みつ》（一三五八〜一四〇八）ただ一人である。遣唐使の廃止の後、義満の治世を例外として、日中間では慢性的な無国交状態が、千年以上も続いた。

ただ、政府間の正式国交がなかった時代でも、商人や留学僧、海賊など、民間レベルでの人や物の往来は、とぎれることなく続いた。今日の日本と台湾のような関係が、千年以上続いたと思えばよい。ちなみに、日本と中国の政府どうしが初めて対等の国交を樹立したのは、明治四年（一八七一）の日清修好条規においてである。

中国大陸では、唐が滅亡（九〇七）したあと、五代十国の戦乱を経て、宋が全国を統一した（九六〇）。

宋の第二代皇帝・太宗《たいそう》の雍熙《ようき》元年（九八四）、日本の僧侶・奝然《ちょうねん》（九三八〜一〇一六）が、中国の五台山を巡礼するため、数名の弟子を連れて宋に渡った。

奝然は一私人の資格で渡宋したが、太宗は彼を国賓として待遇し、皇宮で引見した。奝然は、日本の『職員令《しきいんりょう》』や『王年代紀』、そして中国の古典『孝経《こうきょう》』の豪華本などを太宗に献じた。太宗が、日本の風土・歴史・地理・物産に興味をもち、奝然にたずねると、奝然は、中国語で会話することはできなかったが、筆談で漢文をすらすらと書いて答えた。

『宋史《そうし》』日本伝によると、日本の天皇制が万世一系であり、臣下もみな世襲制であることを知った太宗は、羨望の溜息をついて、宰相にこう語ったという。

此《こ》れ島夷《とうい》のみ。乃《すなわ》ち世祚《せいそ》遐久《かきゅう》にして、其《そ》の臣亦《しんまた》た継襲して絶えず。此《こ》れ蓋《けだ》し古《いにしえ》の道なり。

大意は――日本は、島国の未開人だとばかり思っていたが、その王統は一姓伝継で、臣下もみな世襲であるとは。中国のいにしえの理想の道を実現しているのは、なんと彼らのほうではないか！――

太宗は関係各省庁に命じて、奝然の五台山参詣《さんけい》の便宜をはからせた。そして奝然に、国家が僧侶に与える最高の栄誉である「紫衣《しえ》」と、「法済大師」の称号、印刷されたばかりの『大蔵経《だいぞうきょう》』五千四十七巻などを与えた。

往年の空海や最澄さえ、これほどの厚遇を中国で受けたことはなかった。太宗は、奝然を優遇することで、日本が今後かつての「遣唐使」のような使節を宋に送ってくることを、期待したふしがある。建国直後の新王朝にとって、外国から朝貢使が来ることは、天下に正統性を示す恰好《かっこう》の宣伝材料となるからだ。

しかし結局、日本の朝廷は「遣宋使」を中国に派遣することはなかった。そのかわり、奝然が切り開いたルートを使って、平安から鎌倉にかけて、寂照《じゃくしょう》・成尋《じょうじん》・戒覚《かいかく》・重源《ちょうげん》・栄西《えいさい》など多数の日本僧が、入宋巡礼を果たした。

鎌倉時代の元寇《げんこう》のとき、この「僧侶ルート」で得た貴重な情報が、日本を救うことになる。

清少納言と紫式部

平安中期から後期にかけて栄えた日本ふうの貴族文化を「国風文化」と言う。『古今和歌集』『枕草子』『源氏物語』など仮名文学が栄え、和文に漢語をまじえた新しい文体「和漢混《わかんこん》淆文《こうぶん》」も誕生した。日本が日本らしくなり始めた時代であった。

仮名文学が栄えても、純正漢文は依然として高位言語の地位を保っていた。漢詩や漢文は、和歌や和文より高級なものと見なされていた。漢字は、本当の文字という意味をこめて「真名《まな》」と呼ばれた。仮名は「仮の文字」という意味だった。また漢字は「男手《おとこで》」、仮名は「女手《おんなで》」とも呼ばれた。仮名は、漢字が苦手な女子供のための文字であると認識されていた。

漢字仮名まじり文を使う現代日本人の感覚からすると奇妙なことだが、平安時代には、純正漢文であれ変体漢文であれ、漢字だけで文章を綴るほうが見ばえがする、という美意識があった。仮名文学の代表作の一つである『伊勢《いせ》物語』にも、真名本と称する漢字のみで書かれた写本が存在するほどである。

また、当時の社会通念では、女性は漢詩文の知識を学ぶ必要はないとされた。

しかし、実際は、上流階級の女性は、それなりに漢詩文を勉強していた。ただ、自分が漢詩文の教養をもっていることを人前でひけらかすことは、婦人の美徳に反することだと考えられていた。

例えば、清少納言と紫式部も、ともに豊かな漢文の素養（当時の言葉でいえば「才《さえ》」）をもっていた。

清少納言の著『枕草子』には、こんなエピソードが紹介されている。ある雪の日、女房たちが中宮定子《ちゅうぐうていし》のまわりに集まってひかえていると、定子は突然「少納言よ、香炉峰《こうろほう》の雪はどうでしょう」と言った。清少納言はすぐさま、御簾《みす》を高く巻き上げた。定子も清少納言も、白楽天（白居易《はくきょい》）の漢詩の名句、

遺愛寺鐘欹枕聴　　遺愛寺の鐘は枕を欹《そばだ》てて聴《き》き
香炉峰雪撥簾看　　香炉峰の雪は簾《すだれ》を撥《かか》げて看《み》る

を知っていたのである。冬の朝、寝床のなかで鐘の音《ね》を聞きつつ、寝たまま手を伸ばし、スダレをちょいとばかり手ではらいのけ、山の雪を見た、という意味である。

ちなみに、清少納言が御簾を「高く巻き上げた」事実をもって、彼女は「撥」の字義を誤解していた、と彼女の教養レベルを疑う向きもあるが、これは酷であろう。このとき定子はふとんで寝ていたわけではなかったから、彼女に外の雪を見せるためには、御簾を高く巻き上げるしかなかった。詩句の原義どおり「ちょいとばかり手ではらいのけ」たら、あるいは口頭で下の句「簾を撥げて看る」と返答するだけでは、定子に対して失礼で、かえって無教

養をさらけだすことになったろう。
紫式部も漢詩文への造詣が深かった。彼女の『源氏物語』には、白楽天の長編漢詩「長《ちよう》恨歌《ごんか》」その他の漢詩文の作品から巧みに趣向を取り入れた部分がある。
紫式部は、人前で自分の漢詩文の教養をひけらかすことはなく、屏風に書いた「一」という漢字も読めぬそぶりをしていた。そんな彼女は『紫式部日記』のなかで、漢文の知識を人前でひけらかした清少納言を痛罵した。

清少納言こそ、したり顔にいみじうはべりける人。さばかりさかしだち、まな書きちらしてはべるほども、よく見れば、まだいとたらぬことおほかり。かく、人にことならむと思ひこのめる人は、かならず見劣りし、行くすゑうたてのみはべれば、艶になりぬる人は、いとすごうすずろなるをりも、もののあはれにすすみ、をかしきことも見過ぐさぬほどに、おのづから、さるまじくあだなるさまにもなるにはべるべし。そのあだになりぬる人の果て、いかでかはよくはべらむ。

現代語訳は割愛するが、要するに、清少納言は利口ぶっているが実は漢字の素養はうすっぺらで、あんなイヤな女はきっといい死にかたはすまい、と、口をきわめて罵っているのだ。きっと紫式部は、怖い女性だったのだろう。

源義家と孫子の兵法

ニワトリが先かタマゴが先か、という話のようであるが、科挙制度がなかった昔の日本では、士大夫階級が存在しなかった。あるいは逆に、純正漢文の読み書きができる士大夫階級が存在しなかったから、科挙を行うことはできなかった。

中国では宋の時代から、朝鮮半島では高麗の時代から、国政の形態は、士大夫階級による「官僚政治」に移行し始めた。

ほぼ同時代の日本（平安時代後期）でも、社会の変化が起こり始めていた。それまで存在した公家《くげ》（天皇と貴族）と寺家《じけ》（僧侶）に続く「第三の権門」として、武家《ぶけ》が台頭し始めたのである。ただ上流知識階級たる公家や寺家にくらべると、実務階級たる武家のステイタスは、はるかに低かった。武家は、純正漢文の読み書きができる公家や寺家に対して、コンプレックスを抱いていた。

こんな逸話がある。八幡太郎《はちまんたろう》という通称でも知られる武将の源義家《みなもとのよしいえ》（一〇三九〜一一〇六）が、前九年の役《えき》で大手柄をたて、陸奥《むつ》から都に帰ってきた。学者の大江匡房《おおえのまさふさ》（一〇四一～一一一一）は義家を評して「好漢、惜《お》しむらくは兵法を知らず」と言った。このことから義家は一念発起し、漢文の兵法書『孫子』を学ぶことにした。

今日の日本では、普通の書店で、現代語訳つきの『孫子』を買うことができる。しかし、昔の日本では、吉備真備が唐からもたらしたとされる『孫子』は、学者の家に秘蔵され、一般人が読める本ではなかった。しかも現代と違い、漢籍の現物のみならず、訓読のしかたについても、それぞれの学者の家の秘伝とされ、一般には公開されなかった。

源義家は、白河《しらかわ》天皇に懇願《こんがん》し、大江家の秘書であった『孫子』を大江匡房から伝授された。のちに後三年の役がはじまり、義家は、奥羽の戦場で戦った。あるとき、空を飛ぶ雁《かり》の列が、急に乱れた。それを見た義家は、『孫子』行軍篇の、

鳥起者伏也（鳥の起《た》つ者は伏《ふく》なり）

という一条を思い出し、地上に敵の伏兵が隠れていることを見破り、難を免れた。——

右のエピソードは有名だが、変である。戦場で鳥や動物が不自然な行動をするのを見かけ

たら、阿呆でも、あそこは何か怪しい、と警戒するはずだ。わざわざ漢文で勉強して習うようなことではない。

この逸話には、宣伝戦のにおいがする。もともと膂力衆《りよりよくしゆう》にまさる源義家は『孫子』の叡智を得てますます無敵になった、だから義家を敵にまわして戦うな、という隠れたメッセージがある。心理戦や情報戦こそ『孫子』の真骨頂である。もし義家が、この逸話を意図的に流布したのだとしたら、それこそ『孫子』の神髄に合致する。

第五章　中世の漢詩文

中世の漢詩文と僧侶階級

日本史では、鎌倉・室町時代をあわせて「中世」と呼ぶ。中世の日本では、漢詩文の正統は、寺家（僧侶階級）が守った。

中世の日本社会は、統一国家ではなかった。公家・寺家・武家という三つの権門が、統治権をめぐって、慢性的に争っていた。被支配者たる民百姓も、一揆や打ち壊しなどで、ときおり支配階級に反抗した。平安時代の院政期から、織田信長による天下布武の実現まで、日本では実に五百年にわたり、国家の主権をめぐって熾烈《しれつ》な階級闘争が続いたことになる。

このような国は、漢字文化圏では、日本だけだった。

中国でも朝鮮半島でも、純正漢文のリテラシー能力を独占した士大夫階級（朝鮮のそれは両班《ヤンバン》という）が、早々と階級闘争の勝者となり、そのまま近代を迎えた。

日本では、五百年も続いた階級間の競争の副産物として、世界的に見ても充実した中流実務階級が形成された。これについてはまた後に述べることにする。

さて、中世社会では、漢詩文の主流は寺家に移った。もともと武家は漢詩文が苦手だったし、公家は領地の縮小などによって没落した。

武家も公家も、世襲の身分であったが、寺家は違った。妻帯を禁じられていた僧侶は、子孫を残せない。僧侶になるのは、公家や武家、百姓町人など、雑多な階級の出身者である。いきおい、僧侶は、階級間の緩衝地帯の役割を担った。身分が低くても頭がすぐれた者には、寺に入って学才を磨き、僧侶となって権力者のブレーンになる、という道も開かれていた。

僧侶は、国際派知識人でもあった。出家とは、単に家族だけではなく、自分の「国籍」を捨てることも含んでいた。さればこそ、日中間の国交がなかった時代でも、奝然は宋の皇帝に拝謁することができた。

中世までの僧侶は、宗教者であるだけでなく、知識階級として人々から重宝される存在であった。文字と縁が薄い民衆は、僧侶に文書の代筆を頼んだ。また、大名など武家の権力者も、僧侶を幕僚として、あるいは「使僧」（外交官のような役目を担う僧侶）として使った。毛利家や豊臣家に仕えた安国寺《あんこくじ》恵瓊《えけい》や、徳川幕府の「黒衣宰相」と呼ばれた天海僧正《てんかいそうじょう》など、中世から近世初期にかけては、宗教者の枠をはみ出た僧侶が多かった。そして彼らはおおむね、漢文の素養を身につけていた。

日本の僧侶階級の強みは、高位言語たる純正漢文の読み書きができることだった。これはあたりまえの話で、日本の「お経」はみな漢訳仏典だから、一定レベル以上の僧侶はみな漢文が読めた。とくに「五山」と呼ばれる格式ある禅寺（京都五山と鎌倉五山の二つがある）には、漢詩文に堪能《たんのう》な秀才が集まっており、朝廷や幕府の外交文書を代作したり、仏教以外の学問知識の保存の役目もになっていた。中国や朝鮮半島では、こうした仕事は士大夫階級の職務だった。日本では、純正漢文を読める僧侶階級が、士大夫階級の機能の一部を代行していたのである。

中国人や韓国人で日本史を勉強する人が驚くことの一つに、中世の日本では、僧侶が儒学も担当していた、という事実がある。本来、インドの宗教である仏教と、孔子・孟子の教えである儒教とは、水と油のようなイデオロギーであった。しかし士大夫階級が存在しなかった日本では、儒教の研究と教育も、僧侶階級が代行せざるをえなかったのである。

日本の朱子学《しゅしがく》の祖である藤原惺窩《ふじわらせいか》（一五六一～一六一九）も、その弟子で幕府官学《かんがく》の祖となった林羅山《はやしらざん》（一五八三～一六五七）も、若いころは僧侶として寺で儒教の経典を学んだ。

総じて、中世日本社会の僧侶階級のありようは、中世ヨーロッパ社会のカソリック僧侶と似ていた。カソリックの僧侶も、高位言語であるラテン語に精通していた。また、イスラム文明のすぐれた文物を研究するため、カソリック僧侶でありながら、アラビア語を熱心に研究する者もいた。

そして日本でもヨーロッパでも、中世の終了とともに、僧侶階級が高位言語を独占する状況は終わり、学芸の主流は中流実務階級の手に移る、という共通の運命をたどるのである。

日蓮の漢文

説明ばかり続いたので、ここで、中世の漢詩文の実例をいくつか見てみよう。

鎌倉時代の僧・日蓮（一二二二〜一二八二）は『立正安国論《りつしょうあんこくろん》』を書いた。これは、正法すなわち法華経を信じなければ天変地異と社会不安で国が滅びてしまう、という主張を、激越な純正漢文で述べたものである。その冒頭部は、

旅客来嘆曰、自近年至近日、天変地夭飢饉疫癘、遍満天下、広迸地上。牛馬斃巷、骸骨充路。招死之輩、既超大半、不悲之族、敢無一人。（以下略）

右の引用では、読みやすいように句読点をつけておいたが、現存する日蓮直筆の『立正安国論』（国宝）は、白文、つまり漢字だけが並んでいるノッペラボウの漢文である。返り点も送り仮名も、句読点さえもついていない。

もし日蓮が現代人であったなら、自分の漢文に自分で訓点を打ち、読みかたを指定したかもしれない。しかし鎌倉時代の訓点は、まだ統一された方式がなかった。仮に自分が知っている方式の訓点（ヲコト点など）をふっても、読者も同じ方式の訓点をマスターしているとは限らなかった。そうした理由もあり、当時の日本人が書いた漢詩文は、おおむね白文が多かった。

右の漢文を、近世の方式で訓読すると、次のようになる。

旅客《りよかく》来《きた》りて嘆《なげ》いて曰《いわ》く「近年より近日に至るまで、天変・地夭（地妖）・飢饉《ききん》・疫癘《えきれい》、遍《あまね》く天下に満ち、広く地上に迸《ほとばし》る。牛馬《ぎゅうば》巷《ちまた》に斃《たお》れ、骸骨《がいこつ》路《みち》に充《み》てり。死を招くの輩《ともがら》、既《すで》に大半を超え、之《これ》を悲しまざるの族《やから》、敢《あえ》て一人も無し（以下略）」

書き下し文を読めば、現代語訳をつける必要はないであろう。飢饉や疫病のために、牛馬や人間がバタバタと倒れ、その死骸と民衆の悲嘆の声が地に満ちている、という鬼気迫る光景が、ありありと浮かんでくる。このようなわかりやすさと力強さは、鎌倉時代の漢詩文の特長でもある。

日蓮はこの『立正安国論』を、人を介して前執権北条時頼《ときより》に呈上した。そのため、鎌倉幕府から激しい弾圧を受けたが、下級武士や民衆のあいだには、一定の信者を得た。ただ識字率が低かった当時、直接に『立正安国論』を読むことができた信者は、多くはなかったろう。漢文の訓読ができる仲間に何度も音読してもらい、耳で聞いたことであろう。それは、あるいは『日本書紀』のように、和語の比率を高めた柔らかい訓読だったかもしれない。

フビライの国書

日本は、朝貢国となる屈辱を避けるため、あえて中国と正式の国交をもたなかった。そんな芸当ができたのも、朝鮮半島と違って、日本が四方を海で囲まれていたからである。

中国の歴代王朝は、強大であったが、中国に朝貢しない日本を「不遜」として攻めることはできなかった。四方を異民族に囲まれていた中国人は、長大な国境線を守るため、軍事力を四方に貼《は》り付けておかねばならなかった。日本にだけ、兵力をふりむけることは不可能だった。

そんな状況が変わったのは、元の皇帝フビライの時代だった。モンゴルは、北方遊牧民族としては史上初めて、中国の最南端までを征服した。ユーラシアの主要部は、すべてモンゴル人の領土となった。元は、中国の王朝として史上初めて、全兵力を一カ所に集中できるようになった。中国軍が日本本土を攻撃する、という未曾有《みぞう》の事態は、こうして起きた。

フビライは日本に国書を送り、開国を迫った。日本史では「蒙古国牒状《ちょうじょう》」と呼ばれることの国書の日付は至元《しげん》三年（一二六六）で、その書き出しは以下のようであった。

上天眷命

大蒙古国皇帝奉書

日本国王朕惟自古小国之君

境土相接尚務講信修睦況我

祖宗受天明命奄有区夏（以下、省略）

右の漢文の改行が不自然なのは、昔の書簡文の習慣で、尊敬すべきものが行頭に来るよう書いたからである。訓読すると、

「上天《じょうてん》の眷命《けんめい》せる大蒙古国皇帝、書を日本国王に奉《たてまつ》る。朕惟《ちんおも》んみれば、古《いにしえ》より小国の君も境土《きょうど》相接《あいせつ》すれば尚《なお》務めて信を講じ睦《ぼく》を修《おさ》む。況《いわ》んや我が祖宗《そそう》、天の明命《めいめい》を受け、区夏《くか》を

奄有《えんゆう》し……」

となる。その大意は――天の恩寵を受けている大モンゴル帝国の皇帝より、日本国王に書状を差しあげる。朕（皇帝たるフビライの自称）が思うに、昔から、小国の君主でさえ、領土が接すれば、隣国どうし友好関係の構築につとめた。まして我が祖宗（始祖と歴代の君主）は、天命を受けて、広大な中国を領有し……。――（以下略）

この国書は、一応「日本国王」への敬意が払われている。

例えば、書を「与える」ではなく「奉る」と、謙譲語を使っている。また「日本国王」が本文の行頭に来るよう、途中で改行している。皇帝たるフビライの自称「朕」は、「日本国王」という字よりも下位に置かれている。

この国書を日本国王に渡すために、兵部侍郎《へいぶじろう》（国防省次官）と礼部《れいぶ》侍郎（文科省次官）が、それぞれ国使と副使に任じられた。侍郎の官位は正四品で、かなり高位の官である。隋の煬帝が六〇八年に日本に送ってきた官員が文林郎（秘書官）にすぎなかったのと比較すると、フビライは、日本をそれなりの国として認めていたことがわかる。

とはいえ、全般的に見れば、フビライが日本を見下していたことは明らかである。例えば、尊敬すべきものとされる「上天」「大蒙古国皇帝」「祖宗」は、本文より一字ぶん高くあげて書かれている。また「国王」は、「皇帝」より格下の称号である。ただ、これも歴代の王朝と同じであり、特にフビライだけが日本に対して傲慢な態度をとったわけではない。

問題は、書式よりも中身である。紙数の都合上、全文の紹介は割愛せざるをえないが、フビライの国書は、表向きは平和と友好を標榜《ひょうぼう》しつつ、末尾は、「兵を用うるに至りては、夫《そ》れ孰《たれ》か好むところならん。王、其《そ》れ之《これ》を図《はか》れ」（もし戦争にでもなれば、いったい誰が好むところであろうか。王よ、この点をよく考えていただきたい）と、暗に武力発動の可能性をほのめかし、日本を威嚇していた。

当時の日本人は、モンゴルの侵略を受けた高麗や南宋の惨状について、日本に渡来した禅僧などを通じてよく知っていた。弘安《こうあん》の役（元寇の二回目）のとき、北条時宗《ほうじょうときむね》のブレーンをつとめたのは、南宋から渡来した禅僧・無学祖元《むがくそげん》（一二二六〜一二八六）であった。日本人は、漢文の国書の行間を読み、相手の意図を読みとるだけの読解力をもっていた。そうした要因が積み重なって、日本人は中国の侵略に対して備えを固め、元寇という国難を乗りきることができたのである。

後醍醐天皇と児島高徳

中世の武士は、おおむね漢詩文が苦手だったが、例外もあった。

元弘《げんこう》元年（一三三一）、後醍醐《ごだいご》天皇は、鎌倉幕府を討伐して実権を朝廷に奪回する計画を立てたが、事前に露見し、幕府の手で隠岐《おき》に流されることになった。『太平記』巻第四の記述によると、備後《びんご》（いまの岡山県）の武士児島高徳《こじまたかのり》は、後醍醐天皇の身を奪回しようと、その行列を追った。美作《みまさか》（岡山県の北部）の院《いん》の庄《しょう》で、ようやく行在《あんざい》所《しょ》に潜入することができた。しかし警備が厳しく、天皇に近づけなかった。児島高徳は刀をふるって、庭の桜の木の幹の皮を削ると、墨で次のような対句《ついく》を書き付けて立ち去った。

天莫空勾践
時非無范蠡

翌朝、この対句を見付けた警固役の武士たちは、意味がわからなかった。しかし後醍醐天皇はすぐ意味を理解し、にこりと笑った。

「天、勾践《こうせん》を空《むな》しくすること莫《なか》れ。時に范蠡《はんれい》無きにしも非《あら》ず」――天よ、勾践を見捨てたもうな、いまの世に范蠡がいないわけでもない。——

この二句は、典故《てんこ》と言って、漢文の故事をふまえている。その故事を知らないと、意味がわからない。

勾践は、中国の春秋時代の越《えつ》国の王である。彼は、呉王夫差《ふさ》に敗れて屈辱をなめ、雌伏《しふく》を余儀なくされた。しかし范蠡という人材を得て再起し、呉王夫差を討って雪辱を果たした。いわゆる「臥薪嘗胆《がしんしょうたん》」の故事である。

児島高徳は、後醍醐天皇を越王勾践、自分を范蠡になぞらえ、後醍醐天皇を励ましたのである。

もっとも越王勾践は、酷薄な暴君だった。彼は雪辱を果たしたあと、かつての功臣を粛清した。後醍醐天皇も、のちに鎌倉幕府打倒に成功したあとは、武家を冷遇した。そのため「建武《けんむ》の新政」は、わずか二年で失敗した。

洪武帝と日本人

十四世紀の吉田兼好《よしだけんこう》は、

「唐《から》の物は、薬の外《ほか》はみななくとも事欠くまじ。書《ふみ》どもは、この国に多く広まりぬれば、書きも写してん」（『徒然草《つれづれぐさ》』百二十段）と述べた。漢方薬以外は、中国から輸入する必要のある品物は何もない。漢籍も、すでに日本国内に良書が普及しているので、国内のを筆写すればよい。そんな自信を、当時の日本人はもっていた。鎌倉幕府も室町幕府も、中国に臣従する屈辱を避けるため、あえて正式の国交を樹立しなかった。

一三六八年、中国で明王朝が成立した。初代皇帝となった太祖洪武帝は、「日本国王」あてに、中国に臣従しなければ武力行使もありうる、と威嚇する国書を何度か送った。これらの国書は、京都の天皇にも足利将軍にも届かず、当時九州地方を治めていた南朝がたの懐良《かねなが》親王（後醍醐天皇の皇子。一三二九〜一三八三）の手で、にぎりつぶされた。

懐良親王が洪武十四年（一三八一）に洪武帝に書き送った漢文は、痛快な名文である（中国の正史『明史《みんし》』に収録されている）。服属しなければ遠征軍を送る、と威嚇する洪武帝に対して、懐良親王は、

惟《た》だ中華にのみ之《これ》主有りて、豈《あ》に夷狄《いてき》には君無からんや。乾坤浩蕩《けんこんこうとう》、一主の独権するところに非《あら》ず。

（君主というものは中華の国にだけいて、夷狄の国が独自の君主をもたない、などということはありません。天地は広大です。たった一人の中国の君主の独裁が、すみずみにまで及ぶものではありません）

と、日本の主権を明確に述べたあと、日本は小国ではあるが、文の面では孔子や孟子、老子などの書籍もあり、武の面では孫子の兵法などもちゃんと研究していること、仮に中国軍が攻めてきても天然の地形を利用して徹底抗戦するつもりであること、両国の軍隊が激突すれば天下に迷惑をかけるので、自分と洪武帝のふたりだけで「さし」で勝負したいこと、果たし合いの場所は中国のいちばんの深奥である賀蘭《がらん》山のふもとにしたいこと、など、皮肉たっぷりの内容を、漢文で書き綴った。

この返書を読んだ洪武帝は激怒したが、フビライが日本征服に失敗した前例にかんがみ、日本への出兵をあきらめた。

絶海と洪武帝

日本と中国の統治者どうしの関係は、慢性的にしっくりとしなかったが、民間の交流は盛んであった。

この時代、日本の漢詩文の中心となったのは、五山の僧侶たちであった。義堂周信《ぎどうしゅうしん》（一三二五〜一三八八）とともに五山文学の双璧と称される絶海中津《ぜっかいちゅうしん》（一三三六〜一四〇五）は、明に渡って禅宗を学んだ。

一三七六年、絶海は、洪武帝に謁見した。帝は、その昔、東の海に向かったまま消息不明となった徐福《じょふく》について、下問した。紀元前三世紀、秦の始皇帝の命令を受けた徐福は、巨船に多数の童男童女を乗せて、不老不死の薬を求めて蓬萊《ほうらい》に向かったまま、消息を絶った。実は徐福は日本列島に到達しており、日本民族の祖先になった、という説が中国では広く信じられていた（いまもそう信じている中国人は多い）。

絶海は漢詩を詠み、洪武帝に答えた。

応制賦三山

熊野峰前徐福祠
満山薬草雨余肥
只今海上波濤穏

制に応じて三山を賦《ふ》す

熊野《くまの》峰前《ほうぜん》　徐福の祠《ほこら》
満山の薬草　雨余に肥《こ》ゆ
只今《ただいま》海上　波濤《はとう》　穏《おだ》やかなり

万里好風須早帰　　万里の好風　須《すべから》く早く帰るべし

大意は――日本の熊野（いまの和歌山県）の山の前に、徐福の祠があります。貴重な薬草が山じゅうに、雨のあとで肥えております。徐福よ、いまは天下太平で海上の波も穏やかなのだから、万里の順風を受けて早く中国の皇帝のもとに帰りなさい。――

洪武帝は絶海の漢詩に感心して、絶海と同じ韻字で漢詩を詠み、唱和した。

御製賜和　　　　御製《ぎょせい》、和《わ》を賜《たま》う
熊野峰高血食祠　熊野峰は高し　血食の祠《ほこら》
松根琥珀也応肥　松根《しょうこん》の琥珀《こはく》も也《ま》た応《まさ》に肥ゆべし
当年徐福求仙薬　当年の徐福は仙薬を求め
直到如今更不帰　直《ただ》ちに如今《いま》に到って更《さら》に帰らず

大意は――熊野の峰は高くそびえ、徐福の祠には、いまも子孫が動物を犠牲にしてお供え物をしている。長い歳月のあいだに、松の根もとで、松脂《まつやに》が豊かな琥珀に変わっていることであろう。往年の徐福は仙薬を求めて日本に行ったまま、いまに到るまで帰ってこない。

　洪武帝の時代、徐福はもとより、日本から国交樹立を求める（中国への臣従を表明する）正使が来ることもなかった。

　日本の足利三代将軍義満が使節を送ってきて服属することを表明したのは、洪武帝の息子である永楽帝《えいらくてい》が即位したあとの一四〇四年のことであった。永楽帝は義満を「日本国王」に冊封し、いわゆる「勘合貿易《かんごうぼうえき》」を許した。日本が、名目的にせよ中国の属国になったのは、この義満の時代だけである（足利四代将軍義持《よしもち》は「日本国王」の名義を返上し、明への朝貢をやめた）。

　義満が明に服属した翌年の一四〇五年、永楽帝は、宦官《かんがん》の鄭和《ていわ》に大艦隊を与えて、東南アジアから東アフリカにかけて遠征させた。鄭和の遠征の目的は、諸外国に明への入貢をうながすためであった。もし仮に、足利義満が明から冊封を受けていなければ、中国艦隊の最初の目的地は、京都になっていたかもしれない。

室町時代の漢詩

室町時代の漢詩文の創作の中心となったのは、僧侶であった。例えば「一休《いっきゅう》さん」こと一休宗純《そうじゅん》（一三九四〜一四八一）も、漢詩文の達人であった。彼の漢詩集『狂雲集《きょううんしゅう》』には、風狂の精神に富む禅詩が多い。

婬水《いんすい》

夢迷上苑美人森
枕上梅花花信心
満口清香清浅水
黄昏月色奈新吟

夢《ゆめ》に上苑《じょうえん》　美人《びじん》の森《もり》に迷《まよ》う
枕上《ちんじょう》の梅花《ばいか》　花信《かしん》の心
満口《まんこう》の清香《せいこう》　清浅《せいせん》の水《みず》
黄昏《こうこん》の月色《げつしょく》　新吟《しんぎん》を奈《いか》んせん

大意は――夢のなか、宮中の庭園の、美人の森に迷いこんだ。枕べの梅の花、春をつたえる花のたよりの心。口いっぱいに、清らかに香る透明な水を含む。たそがれの月を見て、新しい詩を吟じたいと思っても、口がいっぱいで、さてどうしようか。――

起句（第一句）の「美人の森」は、晩年の一休と生活をともにしていた美貌の盲女・森侍《しんじ》者《しゃ》をかけている。冒頭に「夢」とあるとおり、美女の婬水《いんすい》を口にふくむというこの大胆な詩は、現実の性行為ではなく、煩悩や悟りを越えたところにある人間の真実を、象徴的に詠んだものとも読める。結句（第四句）の「黄昏」は人生の晩年を、「月」は仏教的な智慧を象徴するかのごとくである。

寺家以外では、公家や将軍家なども漢詩文を嗜《たしな》んだ。

足利八代将軍義政が風流にふけって政治をかえりみなかったとき、後花園《ごはなぞの》天皇は、次の漢詩を贈り、義政をたしなめた。

残民争採首陽蕨
処々閉炉鎖竹扉
詩興吟酸春二月
満城紅緑為誰肥

残民《さんみん》　争《あらそ》いて首陽《しゅよう》の蕨《わらび》を採《と》る
処々《しょしょ》炉《ろ》を閉《と》ざし　竹扉《ちくひ》を鎖《とざ》す
詩興《しきょう》　吟《ぎん》ずれば酸《さん》なり　春二月《はるにがつ》
満城《まんじょう》の紅緑《こうりょく》　誰《た》が為《ため》にか肥《こ》ゆる

大意は――飢饉を生き残った民は、争って蕨をとり、飢えをしのいでいる。かまどの煙は消えたまま、台所のとびらも閉ざされたまま。春二月の好時節というのに、詩を詠んでも心が痛む。都じゅうが美しい赤い花や緑の葉で満ちたとて、餓死寸前の民にとって、何の救いにもならぬ。——

この義政の後継者をめぐって、一四六七年に応仁《おうにん》の乱が起きた。京の都は、戦乱で荒廃した。公家や僧侶は地方へ逃れた。彼らによって漢詩文の文化が、地方にも広まることになった。

戦国武将と漢詩

応仁の乱から約百年間を「戦国時代」と呼ぶ。

戦国武将のなかにも、漢詩文をたしなんだ者がいた。武田信玄《たけだしんげん》（一五二一〜一五七三）、上杉謙信《うえすぎけんしん》（一五三〇〜一五七八）、直江兼続《なおえかねつぐ》（一五六〇〜一六一九）、伊達政宗《だてまさむね》（一五六七〜一六三六）などは、それぞれ立派な漢詩を残している。

武田信玄は孫子の兵法を研究し、それを実戦に生かした。有名な「風林火山」の旗印も、孫子の語句から採ったものである。信玄が趣味として詠んだ漢詩は十七首が残っており、「機山十七首」と称されている。そのうちの一首を示すと、

春山如笑
簷外風光分外新
捲簾山色悩吟身
孱顔亦有蛾眉趣
一笑靄然如美人

春山《しゅんざん》笑《わら》うが如《ごと》し
簷外《えんがい》の風光　分外《ぶんがい》に新《あら》たなり
簾《すだれ》を捲《ま》けば山色《さんしょく》　吟身《ぎんしん》を悩ます
孱顔《せんがん》　亦《ま》た蛾眉《がび》の　趣《おもむき》有り
一笑すれば靄然《あいぜん》として美人の如《ごと》し

大意は——軒の外を見ると、春の風光が真新しい。簾を巻きあげて山の景色を見た私は、詩情をかき乱された。高く険しい山も、よく見れば、美女の眉のような曲線美がある。まるで、あでやかに笑う麗人のように美しい。——

これが本当にあの信玄の作か？　と疑いたくなるほど、艶《なま》めかしい詠みっぷりである。人間というものは、えてしてこのような二面性をもつものなのであろう。

信玄の漢詩と対照的なのは、上杉謙信の漢詩である。天正《てんしょう》五年（一五七七）、謙信は能登《のと》の七尾《ななお》城を攻め落とした。彼は酒宴をもうけ、晩秋の皎々《こうこう》たる月のもと、将兵に酒をふるまい、次のような漢詩を詠んだ。

九月十三夜陣中作

霜満軍営秋気清　霜は軍営に満ちて秋気清し
数行過雁月三更　数行《すうこう》の過雁《かがん》　月三更《つきさんこう》
越山幷得能州景　越山《えつざん》幷《あわ》せ得たり　能州の景
遮莫家郷憶遠征　遮莫《さもあらばあれ》　家郷　遠征を憶《おも》うを

大意は——我が陣地は霜におおわれ、晩秋の冷たい空気がすがすがしい。真夜中、十三夜の明るい月のもと、雁の列が飛んでゆく。故郷の越の国（新潟県）の山々だけでなく、能登の景色も手に入った。遠征のせいで故郷の家族に心配をかけたが、それだけの甲斐はあった。

——

謙信の養子・上杉景勝《かげかつ》に仕えた直江兼続も、漢詩をよくした。戦場では鬼神のごとく勇ましい武将であった兼続も、私生活では愛妻と仲むつまじい生活を送るなど、やさしい面があった。

織女惜別

二星何恨隔年逢
今夜連床散鬱胸
私語未終先灑涙
合歓枕下五更鐘

二星　何ぞ恨《うら》まん　年を隔《へだ》てて逢《あ》うを
今夜　連床《れんしょう》　鬱胸《うつきょう》を散ず
私語　未《いま》だ終《お》えざるに　先《ま》ず涙を灑《そそ》ぐ
合歓《ごうかん》　枕下《ちんか》　五更《ごこう》の鐘

大意は——彦星と織姫は、一年に一度しか会えぬことを恨んだりはしない。今宵、寝床を並べて、つもりつもった思いを遂げることができるのだから。ささめごとを語り終わらぬうちに、涙が流れる。歓喜の枕もとに、夜明けを告げる鐘の音。——

兼続は、戦国武将には珍しく、漢文の書籍の収集と保護にも力を入れた。江戸時代の初めには、いわゆる「直江版」と称される漢籍を刊行するなど、出版事業にも力を入れ、江戸時代の漢文ブームの魁《さきがけ》となった。

伊達政宗が晩年に詠んだ漢詩は、有名である。

酔余口号　二首

馬上少年過　　馬上　少年過ぐ

世平白髪多
残軀天所赦
不楽是如何

世　平《たい》らかにして　白髪多し
残軀《ざんく》　天の赦《ゆる》す所
楽《たの》しまずんば是《こ》れ如何《いかん》せん

又

四十年前少壮時
功名聊復自私期
老来不識干戈事
只把春風桃李巵

四十年前　少壮の時
功名《こうみよう》　聊《いささ》か復《ま》た自《みずか》ら私《ひそ》かに期《き》せり
老い来《き》たれば　干戈《かんか》の事を識《し》らず
只《た》だ春風桃李《しゅんぷうとうり》の　巵《さかずき》を把《と》るのみ

一首目の大意は——戦いの馬上で、青春を過ごした。太平の世となったいま、白髪になった。生き残ったこの体は、天から許されたもの。老後を楽しむほかに、もう、何もすることはない。——

もう一首の意味は——四十年前、若かったころは、大きな手柄を立ててやるんだと、心のなかで期待していた。しかし年をとったいまでは、戦いかたも忘れてしまった。ただ、春風に桃李を愛《め》でながら、酒を飲むだけである。——

右の詩を文字通り解釈すれば、かつて天下をねらったこともある戦国武将が、江戸時代の太平の世に入って、しみじみ晩年の心境を詠んだ詩、ということになる。

しかし、実際の伊達政宗は、最晩年になっても熾烈な戦いを続けていた。当時、徳川幕府は、有力な大名家を次々に取りつぶしていた。政宗の仙台藩は、実質石高《こくだか》で言えば日本最大最強の藩であった。そのため、幕府から脅威と見なされていた。晩年の政宗は、藩の財政をかたむけて酒や美食にふけり、みずから肥満体となって、天下を狙う野心がないことを世間にアピールした。

政宗が晩年に詠んだ漢詩も、本音ではなく、案外、仙台藩が生き残るためのしたたかな宣伝戦であったかもしれない。

第六章　江戸の漢文ブームと近現代

徳川家康が利用した「漢文の力」

織田信長、豊臣秀吉、徳川家康（一五四二〜一六一六）の三人の天下人のうち、最後の勝ちをしめたのは、家康であった。家康が天下を取り、しかも彼の政権だけが江戸幕府として二百六十四年間も存続できた秘訣は、「漢文の力」を利用したことにある。

徳川家康自身は、戦国武将の常として、漢詩文の読み書きはできなかった。しかし彼は、「漢文の力」をよく理解していた。

家康が「漢文の力」を実感した最初の契機は、一五七二年の三方ヶ原《みかたがはら》の合戦であった。若き日の家康は、「孫子の兵法」に精通した武田信玄と交戦し、生涯最大の大敗を喫した。武田家の滅亡後、家康は武田家の遺臣《いしん》を多く召し抱え、信玄の兵法や軍略を研究させた。

その後、家康は、藤原惺窩や林羅山などの儒学者を重用し、儒学の一派である「朱子学」を幕府の官学とする道を開いた。

家康以前の日本にも、知識としての儒学は伝わっていた。しかし、実践としての儒学は、日本にはなかった。なぜなら日本には「士大夫階級」が存在しなかったからである。日本で儒教の典籍を読めたのは、公家や寺家など、およそ士大夫階級とはかけ離れた人々であった。

日本の武士は、戦国時代までは「斬り取り強盗は武士の習い」という言葉のとおり、文化や道徳とは縁遠い野蛮人であった。織田信長は足利義昭を追放し、明智光秀は信長を殺し、豊臣秀吉は信長の孫（三法師）を利用し、徳川家康は豊臣家を滅ぼす、と、下克上の連鎖が続いていた。

徳川家康は、この連鎖を断ち切り、自分の子孫が半永久的に政権を維持できる策略を考えた。藤原惺窩のアドバイスを受けた家康は、ある画期的な構想をいだいた。中国の儒教、なかんずく大義名分論を重んずる朱子学を日本に導入し、武士に学ばせることで、武士を思想改造し、主君に絶対的忠誠を尽くす「日本版士大夫階級」に作りかえる。これは、信長や秀吉も思いつかなかったアイディアである。

慶長十二年（一六〇七）、徳川家康は、この構想を実現させようと、林羅山と、臨済宗の学僧・金《こん》地《ち》院《いん》崇《すう》伝《でん》（一五六九〜一六三三）に命じて、日本最初の金属活字（駿《する》河《が》版《ばん》銅製活字）を造らせ、それを使って、政治に関係する漢籍を大量に出版させた。

林羅山と金地院崇伝の二人は、「方広《ほうこう》寺《じ》鐘銘《しょうめい》事件」の仕掛け人としても有名である。豊臣家ゆかりの方広寺の鐘の銘には、漢文の銘文が鋳込まれていた。そのなかに、

「国家安康」「君臣豊楽」

という句があった。家康は、これを「家康を真っ二つにすることで国を安《やすん》じ、豊臣家を君となすことで繁栄を楽しむという意味で、徳川家を呪ったものだ」と言いがかりをつけ、大坂城を攻めた。

古来、中国では「文字の獄」と称される筆禍《ひっか》事件がたびたび起こった。漢詩文の片言隻語《へんげんせきご》をとらえて、それを書いた者を反逆罪に問うことが、めずらしくなかった。しかしそれまでの日本では、「文字の獄」によって政敵を滅ぼす、という発想はなかった。こうした悪知恵を家康に吹き込んだのも、漢文に精通したブレーンたちであった。

徳川家康の前と後では、日本史の流れが、すっかり変わってしまった。武士も純正漢文を学ぶようになり、「武士道」という中流実務階級の倫理が生まれた。

日本史上、「漢文の力」を活用して日本人の思想改造に成功した統治者は、聖徳太子と徳川家康の二人であった。

江戸時代の漢文ブーム

江戸時代は、王朝時代に次ぐ日本漢文の二番目の黄金時代であった。江戸期の漢文文化の特徴としては、

一、漢文訓読の技術が、一般に公開されたこと。
二、史上空前の、漢籍の出版ブームが起きたこと。
三、武士と百姓町人の上層部である中流実務階級が、漢文を学んだこと。
四、俳句や小説、落語、演劇などの文化にも、漢文が大きな影響を与えたこと。
五、漢文が「生産財としての教養」となったこと。

などがあげられる。

室町時代まで、漢文訓読の方法、例えば訓点の打ちかたは、平安時代以来の学者の家の秘伝とされていた。訓点が一般に公開され、われわれが見慣れている「レ点」「一二点」「送り仮名」などの訓点を施した漢籍が広く出版されるようになったのは、江戸時代からであった。

ただし、江戸時代においても、漢文訓読には流派によって独特の「読み癖」があり、完全

には統一されていなかった。江戸初期の文之点《ぶんしてん》や道春点《どうしゅんてん》も、後期の一斎点《いっさいてん》も、今日の漢文訓読と細かい点では違うところがある。なお、現行の高校教科書などで使われている漢文訓読の方法は、明治四十五年に文部省が出した「漢文に関する文部省調査報告」に準拠するものである。

江戸時代は、日本史上、初めて文字文化が庶民にまで行き渡った時代であった。室町時代までは、漢籍の読者人口は、足利《あしかが》学校や、五山の僧侶など一部に限られていた。漢籍の出版も、江戸初期までは直江兼続や徳川家康など「上からの出版事業」であった。しかし江戸中期からは、武士や町人も、教養として漢籍を読むようになり、民間の営業ベースで漢籍が出版されるようになった。

江戸時代の漢文ブームを定着させたのは、五代将軍徳川綱吉《つなよし》（一六四六～一七〇九）である。

綱吉に対する後世のイメージは、あまりよくない。しかし綱吉は、実はなかなかの名君だったという説もある。彼は、生類憐《しょうるいあわれ》みの令を発したが、その裏には、戦国時代以来の殺伐とした気風と決別し、文治《ぶんち》政治を徹底させるという思惑があった。

実際、綱吉は歴代で最も儒学を好んだ将軍で、家来を集めて漢籍の講義をしたほどだった。

綱吉が始めた文治主義の結果、新井白石《あらいはくせき》（一六五七〜一七二五）、室鳩巣《むろきゅうそう》（一六五八〜一七三四）、荻生徂徠《おぎゅうそらい》（一六六六〜一七二八）、雨森芳洲《あめのもりほうしゅう》（一六六八〜一七五五）など、優秀な漢学者が次々と世に出て、江戸中期以降の世論形成や政治の運営にも一定の影響を与えるようになった。

思想戦としての元禄赤穂事件

元禄《げんろく》十五年十二月十五日（一七〇三年一月三十一日）未明、元赤穂藩国家老《あこうはんくにがろう》・大石良雄《おおいしよしお》（大石内蔵助《くらのすけ》。一六五九〜一七〇三）以下四十七名の浪士が、主君の仇を討つため、吉良義央《きらよしなか》の屋敷に討ち入る、という事件が起きた。「忠臣蔵」など芝居でも有名な赤穂事件である。

この事件には、漢文が深くからんでいた。

江戸時代に、取りつぶしや改易のせいで浪人になった者は多い。しかし、集団で公然と「討ち入り」を行ったのは、この赤穂事件ただ一件があるのみである。その一因として、漢学者の山鹿素行《やまがそこう》（一六二二〜一六八五）の存在がある。彼は、幕府の官学たる朱子学を批判したため、赤穂に流され、その地で孫子の兵法の流れをくむ山鹿流の軍学を講じた。心理戦や思想戦などをも重視する彼の戦理論は、赤穂藩の武士たちに影響を与えた。

大石良雄は、軍学を山鹿素行に、漢学を伊藤仁斎《いとうじんさい》（一六二七〜一七〇五）に学んだと言われる。また大石の父親は、小刀に次のような漢文の対句の銘彫《めいぼ》りを施して、息子に与えたと伝えられている。

万山不重君恩重
一髪不軽我命軽

万山《ばんざん》 重《おも》からず　君恩重《くんおんおも》し
一髪《いっぱつ》 軽《かろ》からず　我《わ》が命《いのち》軽《かろ》し

大意は——主君の恩義は万の山よりも重い。それにくらべれば、自分の命など一本の髪の毛よりも軽い。——

元禄十四年（一七〇一）、江戸城の殿中で、浅野長矩《あさのながのり》（浅野内匠頭《たくみのかみ》）が吉良義央《きらよしなか》（吉良上野介《こうずけのすけ》）を斬りつけるという事件が起きた。文治政治を推進していた徳川綱吉は、この刃傷《にんじょう》事件に激怒し、浅野長矩を切腹させ、赤穂藩を取りつぶした。この幕府の裁定に不満をもった大石ら赤穂浪士は、翌年、吉良邸に討ち入った。大石ら赤穂浪士は、吉良義央の首級《しゅきゅう》を挙げて本懐《ほんかい》を遂げた直後、全員いさぎよく切腹することもできた。しかし彼らはあえて切腹せず、自らの裁定を幕府に委《ゆだ》ねた。大石は、浅野長矩の真の仇である徳川綱吉を苦しめるため、思想戦を挑んだのである。

実際、綱吉は非常に苦しんだ。

幕府が推奨する朱子学の立場からすれば、身命をかえりみず主君の仇を討った大石らは、義士である。しかし、彼らを義士として顕彰《けんしょう》すれば、浅野長矩を切腹させた幕府の裁定が誤りだったことを幕府みずからが認めることとなり、将軍の無謬《むびゅう》性を否定することになる。赤穂浪士を処刑しても、赦免《しゃめん》しても、いずれにせよ幕府と将軍の権威は、大きく傷つけられることになる。

もし徳川綱吉が武断派の政治家であったら、そんなことは気にもとめなかったかもしれない。しかし綱吉は、みずから儒学の講義をするほどの文治派だった。山鹿流軍学を学んでいた大石は、巧妙に綱吉の弱みをついたと言える。

実際、赤穂浪士の処遇について、当時の漢学者たちのあいだでも侃々諤々《かんかんがくがく》の議論が行われた。室鳩巣と林信篤《のぶあつ》（林羅山の孫。一六四四〜一七三二）は助命を主張したが、荻生徂徠は切腹させるべきだと主張した。結局、徳川綱吉は、徂徠の論を採用し、大石らを切腹させた。その結果は、今日のわれわれが知るとおりである。大石らは「赤穂義士」として芝居などのヒーローとなったが、綱吉は暗君としていまも庶民の人気がない。大石の目論見《もくろみ》は、見事に達成されたことになる。

元禄赤穂事件と、曾我《そが》兄弟の仇討ち、伊賀越えの仇討ちをあわせて日本三大仇討ちと言う。しかし、思想界に波紋をなげかけ、ときの最高権力者の権威を傷つけることに成功したのは、元禄赤穂事件だけである。

元禄赤穂事件は、日本史上、最初の思想戦であった。赤穂浪士は、儒学的・漢文的なイデオロギーを逆手《さかて》にとって、最高権力者に復讐することに成功した。赤穂浪士も、室鳩巣や荻生徂徠らの論客もみな中流実務階級出身者であり、彼らの思想戦が漢文をベースとして行われたところに、江戸時代の特色がよくあらわれている。

四十七士を詠んだ漢詩

元禄赤穂事件は、後年、芝居や講談などで脚色され、いわゆる「忠臣蔵《ちゅうしんぐら》」として庶民の人気を博した。漢学者や漢詩人も、好んで四十七士を詠んだ。

例えば、陽明学者（実行をたっとぶ儒学の一派の学者）の大塩平八郎（一七九三〜一八三七）は、次のような漢詩を残している。

四十七士《しじゅうしちし》

臥薪嘗胆幾辛酸
一夜剣光映雪寒
四十七碑猶護主
凛然冷殺奸臣肝

臥薪嘗胆《がしんしょうたん》　幾辛酸《いくしんさん》
一夜《いちや》　剣光《けんこう》　雪《ゆき》に映《えい》じて寒《さむ》し
四十七碑《しじゅうしちひ》　猶《な》お主《しゅ》を護《まも》り
凛然《りんぜん》　冷殺《れいさつ》す奸臣《かんしん》の肝《かん》

大意は――心に復讐を誓って辛苦をかさねた四十七士は、一夜、雪のなかを剣を光らせ、吉良邸に討ち入った。泉岳寺《せんがくじ》に、死後も主君を守るように並ぶ四十七士の墓は、いまなお凛《りん》として、後世の邪悪な政治家たちの心胆《しんたん》を寒《さむ》からしめている。――

天保七年（一八三七）、飢饉に苦しむ民衆の窮状を見かねた大塩平八郎は、門弟や同志たち約百名とともに蜂起した（大塩平八郎の乱）。最初から失敗と死を覚悟のうえである。蜂起は一日で鎮圧された。大塩は町家《まちや》に潜伏したが、幕吏《ばくり》に包囲され、用意していた火薬を爆発させて自殺した。幕府や悪徳商人は大塩の蜂起に衝撃を受け、民衆は大塩を慕《した》った。「凛然　冷殺す奸臣の肝」の句のとおり、大塩は死後も長く、世の悪徳政治家に無言の警告を与え続けた。

広島の坂井虎山《こざん》（一七九八～一八五〇）は、四十七士を次のように詠んだ。

詠四十七士
若使無茲事
臣節何由立
若常有此事
終将無王法
王法不可廃
臣節不可已
茫茫天地古今間
茲事独許赤城士

四十七士を詠《えい》ず
若《も》し茲《こ》の事《こと》無《な》からしめば
臣節《しんせつ》何《なに》に由《よ》りてか立《た》たん
若《も》し常《つね》に此《こ》の事《こと》有《あ》らば
終《つい》に将《まさ》に王法《おうほう》無《な》からんとす
王法は廃《はい》すべからず
臣節《しんせつ》は已《や》むべからず
茫茫《ぼうぼう》たる天地《てんち》古今《ここん》の間《かん》
茲《こ》の事《こと》独《ひと》り許《ゆる》す赤城《せきじょう》の士《し》

大意は――もし、この義挙《ぎきょ》がなされなかったら、武士の忠節は地に落ちたろう。もし、このような事件が何度も起きたら、法律は有名無実となるだろう。法律は守らねばならぬ。忠節は捨てるわけにゆかぬ。広大な世界の悠久の歴史のなかで、この事が許されるのは、赤穂義士だけである。――

朝鮮漢文と日本

江戸時代の日本は、鎖国政策をとり、外国と国交をもたなかった。唯一の例外が、朝鮮国王が、徳川将軍の代替わりの際などに日本に派遣した「朝鮮通信使《ちょうせんつうしんし》」であった。この使節は、慶長《けいちょう》十二年（一六〇七）から文化八年（一八一一）まで十二回を数えた。

日本に来た朝鮮通信使は、日本側の文人と漢詩の応酬をした。これは国威《こくい》をかけた文の戦いでもあった。初期のころは、日本側が作る漢詩のレベルは低かった。あとになると日本側の漢詩のレベルが急速に向上したため、朝鮮側も一流の漢詩人を選んで日本に送るようになった。

例えば、新井白石は、幕府に仕える漢学者として、朝鮮通信使と礼をめぐって激しい論争をかわした。朝鮮側は、論争は別として、白石の漢詩を高く評価した。白石のほうも、自分の漢詩集の序文を朝鮮通信使に書いてもらうなど、彼らの文学的能力に対して深い敬意を払った。政治では対立しても、文化では友好をつらぬく、という態度が、日朝双方に見られたことは、興味深い。

戦国時代まで野蛮だった武士は、江戸時代の漢文ブームによって、朝鮮や中国の士大夫階級とわたりあえる文化的教養人になった。

日本に渡ってきた朝鮮通信使は、華夷《かい》思想の立場から、日本固有の文化や風俗を低く見る傾向があった。そんな彼らさえ、日本の出版業の盛んなこと、とくに漢籍の出版物の豊富さと値段の安さには、驚きの目を見張った。

一例をあげると、一七一一年に来日した朝鮮通信使は、日本の書店に『懲毖録《ちょうひろく》』など朝鮮漢文の本が並んでいるのを見て、愕然《がくぜん》とした。『懲毖録』は、豊臣秀吉の朝鮮出兵のときの朝鮮の政治家・柳成龍《りゅうせいりゅう》（ユ・ソンニョン。一五四二〜一六〇七）の著作で、当時の対日外交の機微も書かれていた。

一般に、朝鮮の士大夫階級の著作は純正漢文で書いてあるので、日本の知識人には簡単に読めた。『懲毖録』は、元禄年間に、漢学者の貝原益軒《かいばらえきけん》による序文と訓点を施した和刻本が京都で刊行され、日本では広く読まれていた。帰国した朝鮮通信使から報告を受けた朝鮮の朝廷では、対日外交の機微が日本側に漏れていたということで大騒ぎとなり、「今後、我が国の書物を倭の国、倭賊に漏らすな」という決定がなされたほどだった。

逆もまた真なりで、日本の識者が書いた論著も、純正漢文で書かれたものは、朝鮮に渡ってそれなりに読まれた。一例をあげると、朝鮮の実学者・星湖李瀷《せいこりよく》（ソンホ・イイク。一六八一～一七六三）は、日本の山崎闇斎《やまざきあんさい》や若林強斎《わかばやしきょうさい》、浅見絅斎《あさみけいさい》らの漢文の論著を読み、日本人のあいだで勤王の気風が高まっていることを知った。そして李瀷は、いずれ政治権力が江戸の将軍から京都の天皇に奉還されるときが来るであろう、と、百数十年後の明治維新の到来を、ほぼ正確に予見した（吉田光男編『日韓中の交流』）。

ただ残念なことに、日本のような漢文訓読法がなかった朝鮮では、純正漢文を読めたのは上流知識人に限られた。読者層は日本にくらべると薄く、朝鮮の対日認識は限定的なものにとどまった。極論すれば、漢文訓読法をもてなかったことが、朝鮮が近代において日本に圧倒されるようになった遠因の一つとなった。

漢籍出版における日本の優位性

江戸時代の日本は鎖国をしていたが、日本の知識人は海外の情報を熱心に収集した。江戸の知識人は純正漢文を読めたので、朝鮮や中国（当時は清）から漢籍を輸入し、貪欲《どんよく》に知識を吸収した。中国国内では公刊を禁じられていた書籍さえも、日本の書店では一般人向けに売っていた。

例えば、皇帝の事跡《じせき》を朝廷の史官《しかん》が記録した「実録」は、中国国内では国家機密扱いで、一般人がこれを見たり出版することは禁じられていた。

ところが江戸時代の日本の書店では、清の国家機密たる実録を、堂々と販売していた。清朝の太祖ヌルハチ、太宗ホンタイジ、世祖《せいそ》順治帝《じゆんちてい》の三代の皇帝の実録をもとに日本で編纂された『清三朝実録採要《しんさんちようじつろくさいよう》』や『清三朝事略』がこれである。これらの本の原資料は、宝暦十三年（一七六三）に、ひそかに長崎に運び込まれた実録であった。当時の日本は清と国交をもたず、属国ではなかったので、こんなことも可能だったのである。

また、明末清初、中国を攻略した清軍が漢民族を虐殺した様子を生々しく記録した『揚《よう》州十日記《しゆうじゆうじつき》』や『嘉定屠城紀略《かていとじようきりやく》』は、清国では禁書となり、保持しているだけでも死罪となった。これらの漢籍も日本では出版され、広く読まれた。その凄惨な描写を読んだ日本人の読者は、「異民族に征服されるということは、こういうことなのだ」という認識を深めた。幕末から維新にかけての日本人が、西洋列強の進出にいちはやく危機意識をもつことができた理由も、ここにあった。

明治になって日本と清国が対等の国交を樹立したあと、日本にやってきた中国人は、中国で読めない漢籍が日本では簡単に入手できることに驚いた。知識人は『清三朝実録採要』や

『清三朝事略』を争って買い求めた。若き清国留学生たちは、日本に来て初めて『揚州十日記』や『嘉定屠城紀略』の存在を知り、これらを読んで衝撃を受けた。

中国の夏目漱石とも言うべき文学者の魯迅《ろじん》（一八八一〜一九三六）は、日本に留学したことがある。彼はその回想記のなかで、当時の留学仲間が東京その他の図書館で『揚州十日記』や『嘉定屠城紀略』などを書き写して、印刷し、中国に送ったことを述べている（魯迅『墳』「雑憶」）。日本から中国に逆輸出されたこの二冊の本は、「滅満興漢」運動の起爆剤として利用された（満洲人の清朝を滅ぼし、漢民族が主権を回復すべきだ、という政治運動）。

江戸時代の漢文ブームは、日本のみならず、東アジアの歴史にも大きな影響を与えたのである。

このような政治的な本ばかりでなく、江戸時代の日本は、さまざまなジャンルの漢籍を長崎経由で輸入し、日本国内で出版していた。儒学の難解な経学《けいがく》書も輸入されたが、通俗的な文芸書や、ポルノ小説、楽譜、笑話集などの俗書も輸入され、漢文訓読によって広く読まれた。こうした俗書には、中国本土では一冊残らず散佚《さんいつ》してしまい、日本にしか残っていない、というものも多い。それらは今日では、近世中国の文化を研究するうえでの、貴重な資料となっている。

武士と漢詩文

江戸時代、日本の漢詩文の文化の中心をになったのは、武士と百姓町人の上層であった。漢学者たちも、中流実務階級の出身者が多かった。

頼山陽《らいさんよう》とか佐久間《さくま》象山《しようざん》といった漢学者が作る漢詩文がうまいのは、あたりまえである。むしろ筆者が注目したいのは、江戸時代には、学者ではない武家や町家も漢詩文を好んだことである。

まず、大名が作った漢詩を一つ、見てみよう。

一般に「水戸黄門」として知られる徳川光圀《みつくに》（一六二八〜一七〇〇）は、家康の孫として江戸の水戸屋敷で生まれ、江戸で育った。少年期は、不良仲間と江戸の町を闊歩《かつぽ》する不良少年だったが、漢文の伯夷《はくい》・叔斉《しゆくせい》の故事を知って感動し、きっぱり素行をあらため、漢文の勉強に励むようになった。次にかかげるのは、光圀が二十歳のときに詠んだ漢詩である。

歳暮

江城暮雪天　　江城《こうじよう》　暮雪《ぼせつ》の天《てん》

静坐思悠然
積雪月光冷
厳寒氷腹堅
臘容随葉尽
春信自梅伝
四序一弾指
空過二十年

静《しず》かに坐《ざ》すれば思《おも》い悠然《ゆうぜん》たり
積雪《せきせつ》　月光冷《げっこうひや》かに
厳寒《げんかん》　氷腹堅《ひょうふくかた》し
臘容《ろうよう》　葉《は》に随《したが》いて尽《つ》き
春信《しゅんしん》　梅《うめ》より伝《つた》う
四序《しじょ》は一弾指《いちだんし》
空《むな》しく過《す》ぐ二十年《にじゅうねん》

大意は――江戸の、ある雪の日の夕暮れ。静かにすわっていると、さまざまな思いが去来する。積雪に月の光は冷たく、きびしい寒さに身もひきしまる。冬景色は落ち葉とともに去り、はやくも新春の気配が梅から伝わってくる。四季は、またたくまに巡る。何もせぬままに、もう人生は二十年も過ぎてしまった。――

まるで老人が人生を回顧するような詩境である。

水戸藩主となった徳川光圀は、日本に亡命してきた儒学者・朱舜水《しゅしゅんすい》（一六〇〇～一六八二）を水戸藩に招き、儒学の振興に力を注いだ。また彰考館《しょうこうかん》を設立し、漢文の歴史書『大《だい》日本史《にほんし》』を編纂させた。完成したのは明治三十九年（一九〇六）で、全四百三巻という膨大な量である。『大日本史』の長年にわたる編纂事業を契機として、水戸藩ではいわゆる「水戸学」が勃興《ぼっこう》した。この学問は、儒教思想を軸として、国学、史学、神道思想を融合させたものであり、幕末の尊王攘夷《そんのうじょうい》運動に大きな影響を与えた。

江戸時代の漢文ブームのプランナーは、徳川家康であった。その孫の光圀が、幕末の倒幕運動の原動力の一つとなった「水戸学」の流れを創始したことは、運命の皮肉と言える。幕末にあっさり大政奉還を行った最後の将軍徳川慶喜は、光圀の兄の子孫で、水戸学の尊王攘夷思想の影響を受けていた。

光圀は、俗に「水戸黄門」と呼ばれる。「黄門」は「中納言」の唐名である。彼も含め、当時の大名は京都の朝廷から、名誉職的に官位をもらっていた。晩年の水戸黄門が諸国を漫遊したという物語は、後世の講談師が作ったフィクションである。

江戸中期から幕末にかけては、下級武士と百姓町人の上層をあわせた、いわば中流実務階級にも漢学が広まった。

幕末維新期の風雲児たち、例えば西郷隆盛、大久保利通、勝海舟、吉田松陰、高杉晋作、伊藤俊輔（博文）、桂小五郎（木戸孝允《きどたかよし》）らは、いずれも下級武士の出身だが、好んで漢詩を詠んだ。

松下村塾《しょうかそんじゅく》で吉田松陰に漢詩文を学んだ高杉晋作（一八三九〜一八六七）も、かなりの数の漢詩を詠んだ。文久二年（一八六二）、高杉は幕府の蒸気船に乗って、上海に渡り、清国人や西洋人と交流した。そのときのことを、高杉は次のような漢詩に詠んだ。

単身嘗到支那邦
火艦飛走大東洋
交語漢韃与英仏
欲捨我短学彼長

単身《たんしん》　嘗《かつ》て到《いた》る支那《しな》の邦《くに》
火艦《かかん》　飛走《ひそう》す　大東洋《だいとうよう》
語を交《か》わす　漢韃《かんだつ》と英仏と
我《われ》の短《たん》を捨てて彼《かれ》の長《ちょう》を学ばんと欲《ほっ》す

大意は——かつて私は一人、大海を飛ぶような速さで進む蒸気船に乗って、中国に渡ったことがある。かの地では、漢人や、韃靼人《だったん》（満洲人を指す）、イギリス人、フランス人などとも言葉を交わした。自国の短所を捨てて、彼らの長所を学びたかったからだ。——

高杉の漢詩は稚拙だが、奇をてらわぬ素直な詠みかたに、日本の中流実務階級の面目があらわれている。

幕府に追われていた高杉晋作を命がけでかくまった勤王の志士・日柳燕石《くさなぎえんせき》（一八一七〜一八六八）は、武士ではなく、博徒《ばくと》つまりヤクザの親分であった。彼は漢詩の名手であった。

問盗
問盗何心漫害民
盗言我罪是繊塵
錦衣繍袴堂堂士
白日公然剝取人

盗《とう》に問《と》う
盗《とう》に問《と》う　何《なん》の心《こころ》ぞ　漫《みだ》りに民《たみ》を害《がい》すと
盗《とう》は言《い》う　我《わ》が罪《つみ》は是《こ》れ繊塵《せんじん》
錦衣《きんい》　繍袴《しゅうこ》　堂堂《どうどう》の士《し》
白日《はくじつ》　公然《こうぜん》　人《ひと》を剝取《はくしゅ》すと

大意は——泥棒にたずねた。「庶民を苦しめるとは、どういう了見なのだ」。泥棒は答えた。「オレの罪なんか、かわいいもんさ。豪華な服に身をかためたお偉いさんたちこそ、大泥棒だよ。白昼、公然と、合法的に庶民を食い物にするんだから」——

農民も漢文を学んだ

幕末には、武士や町人のみならず、農民までもが漢文を学びたがった。

孫文《そんぶん》の秘書をつとめた戴季陶《たいきとう》は、その著『日本論』のなかで、次のような逸話を語っている。

一九一六年か一七年のある日、戴季陶は、福井出身の貴族院議員・杉田定一《すぎたていいち》（一八五一〜一九二九）の家を訪問した。客間には、孔子像がかざってあった。杉田は、この像のいわれについて、次のような逸話を語った。

――江戸時代まで、杉田の家は農民であった。杉田の父親は善良な人物で、知識は万人がもつべきものだという考えをもっていた。杉田の父は、漢学の先生を自宅に招き、村じゅうの農民に漢文を教えてもらった。そのことを知った藩の武士は、百姓のぶんざいで本を読むとは僭越《せんえつ》である、と激怒した。杉田の家はこわされ、漢学の先生は逃げ、耕作権も没収された。この孔子像は、そのとき、命からがら取りもどしたものである、と。――

江戸末期には、下級武士のみならず、ヤクザの親分や農民までもが漢文を学んだ。当時の漢字文化圏のなかで、このような中流実務階級が育っていたのは、日本だけである。日本がいちはやく近代化に成功できた理由も、ここにあった。

中国でも、医者だった孫文のような中流実務階級は存在したが、彼らの力は士大夫階級より弱く、そのため中国の辛亥革命（一九一一）は日本の明治維新より半世紀も遅れた。

もし、初代将軍・徳川家康が儒学を幕府の官学にするという構想をもたなかったら。もし、日本に漢文訓読というユニークな文化がなかったとしたら――。

日本の近代化は、もっと困難な道をたどっていたに違いない。

日本漢語と中国

漢語は、もともと中国の漢民族の言葉である。しかし中国以外の国においても、日本漢語、朝鮮漢語、ベトナム漢語、などのように、それぞれの国で漢字を組み合わせて独自の言葉を作ることが行われた。

日本漢語については、和製漢語、新漢語など、さまざまな異称がある。それぞれの意味も、文章の書き手によって微妙に違う。本稿では論旨の混乱を避けるために、日本漢語と和製漢語、新漢語の三つの語を、以下のように定義して用いることにしたい。

・和製漢語　「一応」「家来」「尾籠《びろう》」など、日本人の生活に密着した独特の漢語。中国人が読んでもわからない漢語が多い。

・新漢語　「科学」「進化」「経済」「自由」「権利」「民主主義」など、近代西洋の概念や文物を翻訳する過程で日本人が考案した漢語。中国や朝鮮にも輸出されたので、中国人が読んでもわかる漢語が多い。

・日本漢語　和製漢語と新漢語の総称。

新漢語は、江戸から明治にかけて、日本の学者たちが考案した漢語である。

清朝末期の中国でも、西洋の文物の漢語訳が案出された。例えばtelephone（電話）は「徳律風」、evolution（進化）は「天演」と訳された。ところが、清末に大量の中国人留学生が日本に留学したこともあり、中国人が工夫した漢語はすたれてしまい、中国でも日本人が考案した新漢語がそのまま使われるようになった。電話は「ディエンホア」、進化は「ジンホア」と、発音こそ中国語であるが、文字は日本語そのままである。それとともに「手続」「取消」「場合」といった和語も、外来語として中国語に吸収された（それぞれの単語の発音は、中国語の漢字音で読まれる）。

現代中国語の「高級語彙」は、実は、半分以上が日本漢語である。例えば、中国語で「中華人民共和国憲法規定的権利和義務」（中華人民共和国憲法がさだめる権利と義務）と言うとき、純粋な中国漢語は「中華」「規定」「的（の）」「和（と）」だけで、「人民」も「共和国」も「憲法」も「権利」も「義務」も、日本漢語からの借用語である。日本漢語を使わなければ、今日の中国人は、一刻たりとも文明生活を営めぬ状態になっている。

中国社会科学院の李兆忠氏は、こう述べている。

「たとえば、『金融』『投資』『抽象』など、現代中国語の中の社会科学に関する語彙の六〇〜七〇%は、日本語から来たものだという統計がある。

漢字文化圏に属する多くの国家や民族を見回して見ると、漢字をこのように創造的に『すり替え』、もう一つの漢字王国を樹立し、かつまた中国語へ『恩返し』しているのは、日本だけだ。

（中略）もし日本が、漢字を借用して西洋の概念を置き換えることをしなかったら、現代の中国語はいったいどのようになっていただろうか。おそらく今よりも寂しいものになっていたのではないだろうか。多分、強い刺激や栄養に欠けているため、すばやく『近代化』することが難しくなったに違いない。

こうした角度から見れば、日本語の中国語への『恩返し』の功績を、われわれは決して忘れてはならないのである」（月刊『人民中国』二〇〇三年三月号「漢字が表す二つの世界」より）

幕末・明治の知識人

清朝末期の中国で、西洋の概念の漢語訳を工夫したのは、主として士大夫と呼ばれる上流知識階級だった。いっぽう、幕末から明治にかけて日本で新漢語を考案したのは、中流実務階級だった。

数々の新漢語を考案した西周《にしあまね》（一八二九～一八九七）は藩医の子、福沢諭吉（一八三五～一九〇一）は下級藩士の子、中江兆民《なかえちょうみん》（一八四七～一九〇一）は足軽《あしがる》の子だった。いずれも、中流実務階級の出身者である。西周や福沢は、若いころ、当時は必須の教養だった漢詩文の勉強をした。中江兆民は、少年時代の勉学環境に恵まれなかったため、ルソーの『民約論』を日本語に訳すにあたって、わざわざ漢学塾に入りなおして漢文を勉強した。彼らが考案した新漢語がすぐれていたのは、漢文の素養のおかげである。

江戸時代から明治にかけて、漢文は「生産財としての教養」であった。日本の中流実務階級にとって、漢詩文は風雅な趣味ではなく、実社会で仕事をするための生産的な教養であった。

明治に活躍した人物たちには、漢詩文を巧みに書けた者が多い。政治家の伊藤博文（一八四一〜一九〇九）や副島種臣《そえじまたねおみ》（一八二八〜一九〇五）。文豪の夏目漱石（一八六七〜一九一六）や森鷗外（一八六二〜一九二二）。軍人の山県有朋《やまがたありとも》（一八三八〜一九二二）、乃木希典《のぎまれすけ》（一八四九〜一九一二）、広瀬武夫《ひろせたけお》（一八六八〜一九〇四）。幕末維新期に生を享《う》けた彼らは、漢詩文を読むだけでなく、書くこともできた。これは、江戸時代の蓄積のおかげだった。

例えば、日露戦争の旅順《りょじゅん》港閉塞《へいそく》作戦で戦死し、軍神とうたわれた広瀬武夫も、数多くの漢詩を書き残している。彼はロシアに滞在していたとき、恋人のアリアズナ・コヴァレフスカヤ（ロシア貴族コヴァレフスキー少将の令嬢）に、プーシキンの詩「ノーチ」（夜）を漢詩に訳して書きあたえた。

夜思

四壁沈沈夜
誰破相思情
懐君心正熱
嗚咽独呑声
枕上孤灯影

四壁《しへき》　沈沈《ちんちん》たる夜《よ》
誰《たれ》か相思《そうし》の情を破る
君を懐《おも》いて心正《まさ》に熱く
嗚咽《おえつ》して独《ひと》り声を呑《の》む
枕上《ちんじょう》　孤灯の影

可憐暗又明　憐《あわ》れむべし　暗また明
（以下略）

軍神広瀬中佐といえば、七生報国《しちしょうほうこく》の志を詠った勇壮な漢詩が有名だが、右のような繊細な漢詩も詠んでいる。明治人の漢文の素養は、奥深い。

日本語の標準となった漢文訓読調

江戸時代の日本の書簡文や公文書は「候文」で書かれていた。「ございます」を「御座《ござ》候《そうろう》」、「～なさってください」を「可ㇾ被㆓成下㆒候《なしくださるべくそうろう》」と書くような、変体漢文を交えた文体である。

しかし明治以降は、新しい国民的文体として、漢文訓読調の文体が普及し、「普通文」と呼ばれるようになった。普通は「普《あまね》く通ずる」という意味である。

明治の国民的文体が、漢文訓読調になった理由は、幕末の志士の愛読書がおおむね漢文で書かれていたこと（例えば、頼山陽の『日本外史』など）、明治政府が国家建設構想の理念として儒教を利用しようとしたこと、などにある。

漢文訓読調の文体は、慣れれば、候文などよりも読みやすい。例えば、明治初期にベストセラーとなった福沢諭吉の『学問のすゝめ』の文体も、次のような漢文調である（読みやすいように句読点をつけ文字遣いをあらためた）。

天は人の上に人を造らず、人の下に人を造らず、と云《い》えり。されば、天より人を生ずるには、万人は万人皆同じ位《くらい》にして、生れながら貴賤上下の差別なく、万物の霊たる身と心との働きを以《もっ》て天地の間にあるよろずの者を資《と》り、以て衣食住の用を達し、自由自在、互いに人の妨げをなさずして各々《おのおの》安楽にこの世を渡らしめ給うの趣意なり。されども、今広くこの人間世界を見渡すに、かしこき人あり、おろかなる人あり、貧しきもあり、富めるもあり、貴人もあり、下人《げにん》もありて、その有様《ありさま》雲と泥との相違あるに似たるは何ぞや。その次第、甚《はなは》だ明らかなり。実語教に「人学ばざれば智なし、智なき者は愚人なり」とあり。されば賢人と愚人との別は、学ぶと学ばざるとに由《よ》って出《い》で来《き》たるものなり。（以下略）

このほか、法律や勅語などの公文書も、すべて漢文訓読調であった。例えば、明治二十三年（一八九〇）、明治天皇の名のもとに発せられた「教育ニ関スル勅語」、いわゆる教育勅語は、次のような文体で書かれていた。

　朕惟フニ我カ皇祖皇宗国ヲ肇ムルコト宏遠ニ徳ヲ樹ツルコト深厚ナリ我臣民克ク忠ニ克ク孝ニ億兆心ヲ一ニシテ世々厥ノ美ヲ済セルハ此レ我カ国体ノ精華ニシテ教育ノ淵源亦実ニ此ニ存ス爾臣民父母ニ孝ニ兄弟ニ友ニ夫婦相和シ朋友相信シ恭倹己レヲ持シ博愛衆ニ及ホシ学ヲ修メ業ヲ習ヒ以テ智能ヲ啓発シ徳器ヲ成就シ進テ公益ヲ広メ世務ヲ開キ常ニ国憲ヲ重シ国法ニ遵ヒ一旦緩急アレハ義勇公ニ奉シ以テ天壌無窮ノ皇運ヲ扶翼スヘシ（以下略）

現代の読者に読みやすいよう、仮名遣いと句読点を直すと、次のようになる。

　朕惟《おも》うに、我が皇祖皇宗《こうそこうそう》、国を肇《はじ》むること宏遠《こうえん》に、徳を樹《た》つること深厚なり。我が臣民、克《よ》く忠に克く孝に、億兆心を一《いつ》にして、世々厥《そ》の美を済《な》せるは、此《こ》れ我が国体の精華にして、教育の淵源、亦《また》実に此《ここ》に存す。爾《なんじ》臣民、父母に孝に、兄弟《けいてい》に友に、夫婦相《あい》和し、朋友《ほうゆう》相信じ、恭倹己《きょうけんおの》れを持《じ》し、博愛衆に及ぼし、学を修め業《ぎょう》を習い、以《もっ》て智能を啓発し、徳器を成就《じょうじゅ》し、進んで公益を広め、世務《せいむ》を開き、常に国憲を重んじ国法に遵《したが》い、一旦緩急《かんきゅう》あれば義勇公に奉じ、以て天壌無窮《てんじょうむきゅう》の皇運を扶翼《ふよく》すべし。(以下略)

個々の単語の意味はわからなくても、漢字の字面をながめているだけで、なんとなく意味がわかるであろう。明治の普通文は、現代日本人にとっては難しいが、それでも例えば平安時代の『源氏物語』の文体などとくらべれば、ずっとわかりやすい。その理由は、この普通文が、現代日本語の文体の直接の先祖となったからである。実際、漢語の部分をほぼそのままにして、ひらがなの部分だけ現代語に訳すと、意味がかなりわかるようになる。

朕が惟うに、我が皇祖皇宗が、国を肇めたことは宏遠で、徳を樹てたことは深厚である。我が臣民が、よく忠によく孝に、億兆の心を一にして、世々厥の美を済してきたのは、我が国体の精華であり、教育の淵源もまた実にここに存するのである。なんじ臣民は、父母に孝に、兄弟に友に、夫婦あい和し、朋友あい信じ、恭倹な態度でおのれを持し、博愛を衆に及ぼし、学を修め業を習い、それによって智能を啓発し、徳器を成就し、進んで公益を広め、世務を開き、常に国憲を重んじ国法に遵い、一旦緩急があれば義勇公に奉じ、そして天壌無窮の皇運を扶翼すべきである。(以下略)

余談ながら、教育勅語には一カ所、文法的な間違いがある。「一旦緩急あれば」は、文法的に正しい文語文では「一旦緩急あらば」(いったん緊急事態が起きたら)とすべきである。「一旦緩急あれば」だと、「いったん緊急事態が起きたので」という意味になってしまう。これは、江戸時代の漢文訓読法の読み癖をひきずったために起きたミスであったが、明治天皇の名前で出された勅語を修正することは当時の社会通念から許されず、結局、最後まで訂正されなかった。

明治のころは、学生も、役人も、軍人も、新聞記者も、このような漢文訓読調の文体を書いていた。

大正時代に入ると、言文一致の口語体の文章が、しだいに漢文訓読調に取ってかわるようになる。

漢文が衰退した大正時代

江戸に始まった漢文の黄金時代は、明治まで続いたが、大正期に入ると急速に衰えた。日本の歴代の天皇も、漢詩を詠まれたのは、（いまのところ）大正天皇が最後である。

大正天皇は影が薄い。例えば、明治天皇の誕生日（十一月三日）と昭和天皇の誕生日（四月二十九日）は、平成の今日でも国民の祝日となっているのに、大正天皇の誕生日（八月三十一日）は、誰も覚えていない。ご病弱のため、在位期間が短かったせいもある。だが、大正天皇は暗愚《あんぐ》ではなかった。漢詩文を熱心に学ばれただけでなく、当時、一般の日本人が軽視していた朝鮮語をも、ひそかに学習されていた。大正天皇の人柄は、「神」であった明治天皇や昭和天皇とは対照的で、感情をすぐ言動にあらわすなど、人間的で気さくなところがあった。もし二十一世紀にお生まれになっていたら、人気のある天皇になっていたであろう。いろいろな意味で、気の毒なかたであった。

大正天皇が、まだ皇太子だった明治二十九年七月ごろに沼津で詠んだ漢詩を掲げる。

海浜所見

暮天散歩白沙頭　暮天《ぼてん》　散歩す　白沙《はくさ》の頭《ほとり》

時見村童共戯遊　時に見る　村童の共に戯遊《ぎゆう》するを
喜彼生来能慣水　喜ぶ　彼　生来　能《よ》く水に慣れ
小児乗桶大児舟　小児は桶《おけ》に乗り　大児は舟《ふね》

大意は——夕暮れどき、海辺の白い砂のあたりを散歩していると、村のこどもたちが遊んでいるのが目に入った。嬉しいことに、彼らは生まれつき、水遊びの達人である。小さな子は桶に、大きな子は舟に乗って遊んでいる。——

大正天皇の漢詩は、このように、わかりやすい作品が多い。生涯にお詠みになった漢詩の数は膨大で、千数百首に及ぶ。

大正時代は、日本人の漢文レベルが、江戸と明治の蓄積を使い果たして、一気に衰退した時代だった。

例えば、明治から大正の前半までは、新聞には和歌や俳句と並んで漢詩欄が設けられ、一般読者の投稿による漢詩や、プロの漢詩人の新作を掲載していた。その漢詩欄が新聞から消えたのも、大正時代の半ばであった。

漢文レベルのさらなる低下と敗戦

昭和という元号は、漢文の古典『書経《しょきょう》』堯典《ぎょうてん》の語句、

百姓昭明、協和万邦（百姓《ひゃくせい》昭明にして、万邦《ばんぽう》を協和す）

から取ったものである。百姓は、純正漢文では「天下の人民」の意味である。日本語「ひゃくしょう」とは意味が違う。

儒教の古典のなかでも、『書経』は最も難解なものの一つである。また、第二次世界大戦のころまで、日本語には、「八紘一宇《はっこういちう》」など、勇壮な漢文口調のスローガンがあふれていた。表面的には、まだ漢文の教養は健在であるかのようにも見えた。

しかし実際には、日本人の漢文レベルは、大正期よりもさらに低下していた。

昭和に活躍した軍人や政治家で、明治の伊藤博文や乃木希典のような漢詩を作れた者はいなかった。また江戸や明治には、政治家のブレーンやオピニオン・リーダーとして大きな影響をふるった漢学者が輩出したが、昭和に入ると、そのような政治的影響力をもつ漢学者も、めっきり減った。

日中戦争でも、日本政府が漢学者の見識を積極的に活用して成功したり、日本の軍人や政治家が漢詩を詠んで中国人の心に訴えるようなことは、一度もなかった。

学者や文学者のなかには、巧みな漢詩文を書ける者も残っていた。しかし総じて、昭和の日本においては、漢文は、すでに「消費財としての教養」になっていた。漢文口調は、気分をもりあげるなど、いわばアクセサリーにすぎなくなっていたのである。

昭和二十年（一九四五）八月十五日昼の玉音放送の文体は、漢文訓読体であった。


朕、深く世界の大勢と帝国の現状とに鑑《かんが》み、非常の措置《そち》を以《もっ》て時局を収拾《しゅうしゅう》せんと欲《ほっ》し、茲《ここ》に忠良なる爾《なんじ》臣民に告ぐ。

朕は帝国政府をして米英支蘇四国に対し、其《そ》の共同宣言を受諾する旨《むね》、通告せしめたり。（原文カタカナ、以下略）

玉音放送の最初のほうで、昭和天皇ははっきり、「帝国政府に、米英中ソの四カ国に対し、その共同宣言を受諾するむねを通告させた」と、漢文訓読調の文体でお述べになった。にもかかわらず、当時、玉音放送を聞いた国民や兵士のなかには、耳で聴いてもこの内容を理解できず、反対に「天皇陛下が、徹底抗戦と玉砕をお命じになられた」と誤解した者も少なくなかった。

当時のラジオの性能が悪かったせいもあるが、一般国民の漢文レベルが、それだけ低下していたのだ。

昭和天皇は、戦後、日本の敗因を四つあげられた。その筆頭に、

「第一、兵法の研究が不充分であった事、即《すなわち》孫子の、敵を知り、己《おのれ》を知らね《(ママ)》ば、百戦危《あやう》からずという根本原理を体得していなかったこと」(『昭和天皇独白録』第二巻)

と、漢文の古典『孫子』の素養が足りなかったことを、最大の反省点としてあげられている(ちなみに、敗因の第二は科学力より精神力を重視しすぎたこと、第三は陸海軍の不一致、第四は常識ある大物政治家が存在しなかったこと)。

為政者に漢文的センスが欠けていたことが敗因の第一、という反省は、戦後の日本の政治に生かされたであろうか?

漢文訓読調の終焉

昭和二十一年一月一日、昭和天皇は「新日本建設に関する詔書」を発し、自らの神格性を

否定された。この、いわゆる「天皇の人間宣言」も、

朕と爾《なんじ》等《ら》国民との間の紐帯《ちゅうたい》は、終始相互の信頼と敬愛とに依《よ》りて結ばれ、単なる神話と伝説とに依《よ》りて生ぜるものに非ず。天皇を以《もっ》て現御神《あきつみかみ》とし、且《かつ》日本国民を以て他の民族に優越せる民族にして、延《ひい》て世界を支配すべき運命を有するとの架空なる観念に基《もとづ》くものにも非ず。（原文カタカナ）

という感じの漢文訓読調だったが、今度は新聞という視覚メディアで報じられたこともあり、誤解されることはなかった。

同年十一月三日（明治天皇の誕生日）に公布された日本国憲法は、

日本国民は、正当に選挙された国会における代表者を通じて行動し、われらとわれらの子孫のために、諸国民との協和による成果と、わが国全土にわたって自由のもたらす恵沢《けいたく》を確保し、政府の行為によって再び戦争の惨禍《さんか》が起ることのないようにすることを決意し、ここに主権が国民に存することを宣言し、この憲法を確定する。

と、口語文で書いてある。この時点で、漢文訓読調の文体は、その歴史的使命を終えた。

昭和・平成の漢文的教養

昭和二十年以降、日本人の漢文レベルは、ますます低下した。

国語の教科書や、高校や大学の入学試験に「漢文」があるおかげで、漢文教育はかろうじて生き残った。しかし、日本人が読む漢詩文の量は劇的に減った。昭和四十七年（一九七二）の日中国交正常化のとき、日本全国で中国ブームがわきおこり、漢詩や漢文への興味が高まったこともあったが、大正時代以降、日本人の漢文的教養は、基本的に「消費財としての教養」となったまま、今日に至っている。

平成の日本でも、漢詩文を愛読する人々は、けっこういる。漢詩の作りかたを習う人さえいる。しかし、そうした人々が漢詩や漢文に求めるのは、おおむね、現代の忙しい生活で得られぬ安らぎである。

なかには「生産財としての教養」を漢文に求める人も、いないわけではない。しかし、それらの人々の関心も、例えば「孫子の兵法に学ぶ処世の知恵」といったノウハウ的な分野に限られる。

二十一世紀の今日、漢文的教養の潜在的必要性は、高まりつつある。例えば、江戸から明治にかけて、日本の知識人は、豊かな漢文の素養を生かして、次々とセンスのよい新漢語を考案した。ところが、昭和から平成にかけての日本人は、漢文の素養を失ってしまったため、新漢語を作れなくなってしまった。

一例をあげると、今日の日本人は、「パソコン」にあたる漢語さえ考案できず、中国人が考案した「電脳」を輸入して使っている。カタカナの外来語をなんでも新漢語に置き換えればよい、というわけではない。しかし今日の中国で、パソコンやインターネット関連の用語をどんどん「新漢語」に置き換え、自国民にわかりやすいものにしている様子を見ると、まるで明治期の日本のような勢いを感じる。

かつての日本の強みは、中流実務階級が優秀で勤勉だったことにあった。その中流実務階級は、江戸から明治にかけて、「生産財としての教養」として漢文をもっていた。ところが、今日の日本の中流実務階級は、かつての漢文のような強力な教養を、バックボーンとしてもっていない。幕末の若き志士たちは、出身階層や藩が違っても、漢詩漢文という共通の素養をもとに、国造りの理念について熱い論議をかわすことができた。しかし平成の若者が共通の教養としてもっているのは、マンガやアニメなどのサブカルチャーだけである。論議をするのはケータイのショートメールか「2ちゃんねる」への書き込みが精一杯、という状態である。

昭和のころは中流実務階級が健在で、日本社会のいたるところで日本の発展を支えていた。平成の今日では、中流実務階級そのものが崩壊の危機に瀕し、「下流社会」が流行語となっている。

現代の日本の政治家は、少数の「勝ち組」のパワーで日本社会が浮上できると勘違いしているように、筆者には思える。たしかに、中国やアメリカのような大陸国家なら、そんな方式も可能かもしれない。しかし日本のような島国社会では、中流実務階級の知力を充実させることこそが、国全体の活力を高める早道である。それは、江戸から明治にかけての日本の歴史をふりかえれば、あきらかである。

おわりに

いまこそ漢文的素養を見直そう

本書をここまで辛抱強くお読みくださったかたは、きっと、教養としての漢文に、なみなみならぬ関心をおもちであるに違いない。

読者の宥恕《ゆうじょ》を乞いつつ、最後に、二十一世紀の漢文的教養のあるべき形について、筆者の見解を述べて、本書の結びとしたい。

過去、二千年におよぶ日本人と漢文とのかかわりの歴史をふりかえると、今日のわれわれが漢文とどう向き合うべきかも、おのずとあきらかになる。筆者は、

一、東洋人のための教養

二、生産財としての教養

三、中流実務階級の教養

の三つの視点を提唱したい。

漢字漢文はコメのようなもの

「漢文は、しょせんは外国語である」

「漢字は、しょせんは中国人の作った外来の文字である」

などと主張して、漢字や漢文を排斥《はいせき》する日本人が、たまにいる。

この考えは、間違っているうえに、危険でもある。そんなことを言うのは、

「コメは、しょせんは中国大陸から伝わってきた作物だから、コメの飯を食べるのはやめよう」

と言うのに等しい。コメも味噌も醬油も大根も茶も、「日本食」の食材や料理の多くは、中国が起源である。

そもそも外国の文物を排斥する思想は、どう言い訳しようと、外国出身の人間を差別する思想と紙一重である。事実、漢字文化圏のなかで、漢字を廃止ないし極端に制限したベトナ

ムや韓国は、さまざまな社会的圧力をかけて、国内の華僑《かきょう》華人《かじん》を国外に追い出した時期がある。漢字と中国人を迫害したことによって、ベトナムや韓国が何か大きな得をしたかというと、どうも、そのようには見えない。

たしかに「漢文は外国語である」という反省を心のどこかでもっていることは必要だ。と同時に、漢字は東洋人の共有財産であり、漢文は東洋人の集積知である、という大らかな認識をもつことも、必要であろう。

日本人にとって、漢字や漢文はコメのようなものだ。それが美味しくて、栄養になるなら、食べればよい。

料理法も、中国人とは関係なく工夫すればよい。実際、私たちの祖先は、そういう健全な考えをもって、漢字やコメを受け入れた。漢文も、漢文訓読という日本独特の料理法で栄養をとれるなら、それでよい。

インターネット時代の理想の漢文教科書

幕末に上海に渡った高杉晋作は、中国語は一言も話せなかったが、筆談で漢文を書き、中国の知識人と意見を交換することができた。中国革命の立役者・孫文も、宮崎滔天《みやざきとうてん》ら日本の友人たちと漢文で筆談した。

今日では、インターネットの発達により、電子メールやウェブサイトなどで、漢字文化圏の人々どうしが自国にいながら「筆談」を楽しめる条件が整った。

今日、漢詩を作ったり漢文を書いたりするのが、日本や中国、韓国で、静かなブームとなっている。例えば、日本の「世界漢詩同好会」というサイトでは、日本、台湾、韓国の有志が発起人となり、国境を越えた新作漢詩の交流を行っている。

インターネットは、「東洋人としての教養」としての漢文にとっては、追い風となっているのである。

十九世紀までの日本人は、中国漢文と日本漢文のみならず、朝鮮漢文やベトナム漢文、琉球漢文なども、それなりに読んでいた。しかも、古典作品ばかりでなく、「新作」もたくさん読んでいた。

現代の日本の漢文教科書がつまらない理由は、古典ばかり、しかも日本と中国のものばかり、と、題材がせまく限定されているからである。

二十一世紀の今日、もし、どこかの奇特な出版社が、筆者に「理想の漢文教科書」を作らせてくれるとしたら、次のような点を打ち出すことにしたい。

・文芸作品だけでなく、実用的な漢文・理系的な内容の漢文も、教材として紹介する。
・朝鮮半島、ベトナム、琉球（沖縄）など漢字文化圏の各地の漢詩文の代表作を、少なくとも、一つずつくらいは入れる。
・現代人の漢詩文の作品も、少なくとも一つか二つは入れる。有名人の作でなくともよい。
・漢文の読解だけでなく、簡単な「漢作文」のしかたも教える。
・漢詩・漢文の新作を発信しているホームページなども紹介する。
・日本の漢文訓読だけでなく、中国や朝鮮半島、ベトナムでの漢文の読みかたも簡単に紹介する。

いまの日本の教育システムでは、英語はコミュニケーションの道具として教えられるが、漢文はそうではない。そのため、若者にとって、漢文はつまらない科目である。

しかし本当のところは、漢文は、千年前の古人や、千年後の子孫と「対話」するためのコミュニケーションの道具になりうる。また、ホームページや電子メールの普及により、新しいかたちでの筆談文化が復活したことで、漢文の「東洋のエスペラント」としての側面にも、新たな可能性が出てきている。

こういう時代のニーズにあった、新しい漢文の教科書なり副読本なりが出版されることを期待する。

生産財としての教養

二千年前、「威信材」として日本に入ってきた漢文は、七世紀から十九世紀までは生産財として機能し、二十世紀からは「消費財としての教養」になった。

漢文が「生産財としての教養」だった江戸時代でも、プロの漢学者は、全人口のごく一部を占めるにすぎなかった。しかし優秀でセンスもよかった当時の漢学者は、硬い内容の本から柔らかい俗書にいたるまで、一般人でも読めるように訓点をふった。そのおかげで、江戸の俳諧《はいかい》師や噺家《はなしか》は漢文からネタを仕入れ、医者も漢方の医書を読め、政治家もアヘン戦争など国外の事情を詳しく知ることができた。

今日でも漢文は「古くて新しい知恵」の宝庫である。自分の論理的思考力を鍛えたり、論弁力を磨くうえで格好の材料も、漢文の古典には豊富である。

残念なことに、今日の日本の漢文関係の書籍は、名作の紹介や鑑賞を主とするものに偏っている。また漢文を教えるのは、国語の教師の仕事になってしまっている。このため、漢文の授業の教材は文系的なものに限られている。

しかし「本物の漢文」は、文系ばかりではない。自然科学についての知見も豊富な沈括《しんかつ》の『夢渓筆談《むけいひつだん》』のように、理系的な興味関心をそそる漢籍も、たくさんある。

そもそも昔の漢字文化圏では、医者も天文学者も数学者も、みな漢文で論著を書いた。中学や高校の教科書でも、理系の知識欲を刺激するような漢文を、一つくらいは入れるべきである。さもなくば、若者は、漢文を人生訓と叙情詩だけの、単調なものだと誤解してしまうだろう。

自己宣伝めいて恐縮であるが、拙著『漢文力』（中央公論新社）は、思考力を高めるのに役立つ漢詩漢文を集め、その漢文をヒントにどのような知恵を絞り出すか、例題を示した本である。ご興味のあるかたにはご一読を願いたい。

中流実務階級と漢文の衰退

世界史には、優秀な中流実務階級をもつ文明は強い、という経験則がある。

西洋語には、日本の中流実務階級にぴったり該当する概念はないが、しいて近いものを求めれば、シビリアン（civilian）である（日本語では「市民」ないし「文民」と訳す）。シビリアンの形容詞形は、シビル（civil）である。シビルでない人々がシビル化することを、シビライゼーション（civilization）すなわち「文明」と呼ぶ。

西洋近代の文明《シビライゼーション》の本質は、全国民のシビル化《シビライゼーション》であった。中流《シビリアン》実務階級中心の国づくりをすることであった。キリスト教徒的な行動倫理と、ギリシャ・ローマ的教養、シビリアンとしての誇り、という三点セットが、近代西洋の文明社会を支えていた。

十九世紀までの漢字文化圏で、強力な中流実務階級が育っていたのは、日本だけだった。武士道的な行動倫理と、漢文的教養、そして「やまとだましい」、という三点セットが、幕末から明治にかけての日本を、近代国家におしあげた。

しかし、種々の事情により、二十世紀半ば以降、欧米でも日本でも、このような三点セットは崩壊したまま、今日に至っている。

数冊の本

過去の文明国は、どれも全国民必読の「数冊の本」をもっていた。

およそ字が読める人間なら、必ず読んだことがある本。世代や社会階級を越えて、読みつがれる本。その本を引用したり、議論の叩き台とすることで、政治的立場がことなる相手とも活発な議論ができるような本。——

そのような「数冊の本」は、過去の西洋諸国では『旧約聖書』『新約聖書』がそうであった。

幕末の日本では『論語』や『日本外史』などの漢籍がそうであった。杉田定一の回顧にもあるとおり、農民でさえ「数冊の本」を学びたがった。その時代の「教養」とは、「数冊の本が読めること」であった。読書は趣味ではなく、社会を作るという大事業に参加するための力であった。

ふりかえると、いまのわれわれは、そのような「数冊の本」をもっていない。

町の書店には新刊書があふれている。インターネットには新しいサイトが雨後のタケノコのように生まれている。しかしそのどれも「数冊の本」には、ほど遠い。

われわれの価値観が、多様化しているためである。その自由と豊かさは喜ばしいが、集積知として誰もが共有していた教養大系が失われてしまい、身近な友人以外との対話ができにくくなってしまったことは、寂しい。

二十一世紀の今日、いまさら漢文の「数冊の本」が復活することは、ないだろう。だが、つい百年ほど前まで、世界のどの文明国にも、世代や階級を越えて共有できる普遍的教養大系があった。

それは、日本では漢文であった。そのような視点をもって、東洋人の集積知たる漢文を学ぶならば、われわれはきっと、二十一世紀の教養のありかたについて大いなるヒントを得ることができるだろう。

漢文には、それだけの価値がある。

あとがき

むかし、中国に張学良《ちょうがくりょう》（一九〇一～二〇〇一）という軍人がいた。彼の父張作霖《ちょうさくりん》は一九二八年に関東軍によって爆殺《ばくさつ》され、彼自身も一九三一年の満洲事変によって故郷を追われた。一九三六年、張学良は西安で蔣介石《しょうかいせき》を監禁し、抗日救国を約束させたが、反逆罪に問われて逮捕され、その後、半世紀にわたって軟禁された。

一九九〇年、数え年で九十歳になっていた張学良は、NHKのインタビューに対し、こう語った。

「私は、一生を日本によって台なしにされました。私は日本に父親を殺され、家庭を破壊され、財産も奪われたのです。このうえなく不合理なことです」（NHK取材班『張学良の昭和史最後の証言』）

インタビューのあとの食事の席で、張学良は、取材班に便箋《びんせん》とペンを求め、一篇の漢詩をすらすらと書いて見せた。明治の軍人乃木希典《のぎまれすけ》が日露戦争の激戦地を詠《よ》んだ七言絶句《しちごんぜっく》「爾霊《にれい》山《さん》」であった。

「乃木将軍の詩です。たしか二百三高地を落としたときに作った詩です。乃木将軍に憧《あこが》れて、いちばん好きな詩を覚えました。覚えたのは若いころでしたが、今でも諳《そら》んじているんですよ」(同前)

抗日は反日にあらず。インタビューのなかで、張学良はこうも述べている。

「昔、日本に行った時、日本の文化に触れて非常に感心しました。尊敬する日本人もいました。昔もそうでしたが、今も私は日本人を尊敬しています。(中略)日本が(世界の)リーダーになればよいと思います」(同前)

乃木や張学良のような人々は、もういない。

二十世紀の初めまで、日本人も韓国人も中国人も、漢文の素養をもっていた。同じ東洋人としての連帯感があった。戦争で敵どうしになったときでさえ、最後の一点では、お互いを尊敬しあい、信頼する心を忘れなかった。

ひるがえって、今日のわれわれは、どうであろう。過去六十年間、日本兵によって殺された外国人は一人もいない。にもかかわらず、東アジア三国の民衆は、互いに不信と侮蔑《ぶべつ》をぶつけあっている。マンガやテレビドラマなどサブカルチュアの交流こそ盛んだが、かつての漢文のような、共有できる教養がないせいである。日本でも中国でも韓国でも、子供に英語を修得させれば自動的に「国際人」となって万事うまくいく、という思い込みが広がっている。

これは時代の流れであり、しかたのないことかもしれない。

ただ、かつてわれわれ東洋人が漢文という共有財産をもっていたこと、それが日本を作るうえでも大いに役だったことを思い出してみる価値は、いまもあるだろう。

本書は、日本漢文についての概説書ではない。「漢文の素養」の歴史や意味について、筆者の考えを述べたものである。論述の主軸をあえてプロの漢学者や文人でない人々に置くという、漢文関係の本としては異色の著述スタンスをとった理由も、ここにある。また、諸説を一々紹介するとそれだけで紙数が尽きてしまうため、筆者の見解だけを述べたところも多い。

本書をきっかけに漢文にご興味をおもちくださったかたは、ぜひ、いろいろ類書もお読みいただきたい。

筆者は二〇〇四年八月、『漢文力』という本を上梓《じょうし》した。これは、漢文の古典をヒントに現代の問題を考えるという教養書であった。幸い、それなりに好評を博し、二〇〇五年二月に韓国で、同年十月に中国で、それぞれの言語に翻訳されて出版された（光栄なことに、韓国語訳は「韓国刊行物倫理委員会」によって「第五十八次青少年勧奨《かんしょう》図書」に指定された）。韓国や中国でも、漢文への関心はけっこう高いようだ。

本書は、『漢文力』を読んだ光文社新書編集長の古谷俊勝氏が、お声をおかけくださって生まれた。氏には企画から完成まで、たいへんお世話になった。原稿の進捗《しんちょく》状況を毎週メールで問い合わせて督促してくださった氏の熱意がなければ、こんなに早く本にならなかったろう。そのぶん校正ゲラは赤だらけとなり、校閲部と、編集部の山川江美さんの負担を増やすことになった。末筆ながら、心から感謝申し上げる。

二〇〇六年一月　　広島市の二葉山《ふたばやま》平和塔が見える六畳の部屋にて

加藤　徹

加藤徹（かとうとおる）
1963年東京都生まれ。東京大学文学部中国語中国文学科卒業、同大学院人文科学研究科博士課程単位取得満期退学。1990～91年、中国政府奨学金高級進修生として北京大学中文系に留学。広島大学総合科学部専任講師、同助教授を経て、現在、明治大学法学部助教授。専攻、中国文学。『京劇』（中公叢書）で第24回サントリー学芸賞（芸術・文学部門）受賞。他の著書に『漢文力』（中央公論新社）、『西太后』（中公新書）、『貝と羊の中国人』（新潮新書）などがある。

漢文《かんぶん》の素養《そよう》　誰《だれ》が日本《にほん》文化《ぶんか》をつくったのか？

2006年2月20日初版1刷発行
2023年7月15日　　8刷発行

著　者 ―― 加藤徹
発行者 ―― 三宅貴久
装　幀 ―― アラン・チャン
印刷所 ―― 萩原印刷
製本所 ―― ナショナル製本
発行所 ―― 株式会社光文社
東京都文京区音羽1-16-6(〒112-8011)
https://www.kobunsha.com/
電　話 ―― 編集部03(5395)8289　書籍販売部03(5395)8116
業務部03(5395)8125
メール ―― sinsyo@kobunsha.com

落丁本・乱丁本は業務部へご連絡くだされば、お取替えいたします。
 ISBN 978-4-334-03342-2

210
なぜあの人とは話が通じないのか？
非・論理コミュニケーション
中西雅之

交渉決裂、会議紛糾――完璧な論理と言葉で臨んでも、自分の意見が通らないのはなぜ？　コミュニケーション学の専門家が解説する、言葉だけに頼らない説得力、交渉力、会話力。

211
リピーター医師
なぜミスを繰り返すのか？
貞友義典

勉強もしない、反省もしない、誰もそのミスを咎めない――。医療過誤を繰り返す医師が放置されている日本の現状を、医療事件を数多く手掛ける弁護士が報告。問題の本質を探る。

212
世界一旨い日本酒
熟成と燗で飲《や》る本物の酒
古川修

燗して旨く、熟成して旨い、本当にいい造りの日本酒の世界を紹介。地酒ブームの遥か以前、神亀酒造、甲州屋、味里の三人の男が出会い、古くて新しい日本酒の流れを生んだ。

213
日本とドイツ　二つの戦後思想
仲正昌樹

国際軍事裁判と占領統治に始まった戦後において、二つの敗戦国は「過去の清算」とどう向き合ってきたのか？　両国の似て非なる六十年をたどる、誰も書かなかった比較思想史。

214
地球の内部で何が起こっているのか？
平朝彦　徐垣
末廣潔　木下肇

なぜ巨大地震は起こるのか？　地球の生命はどのように誕生したのか？　いま、地球深部探査船によってその謎が解かれようとしている。地球科学の最先端の見取り図を示す入門書。

215
現代建築のパースペクティブ
日本のポスト・ポストモダンを見て歩く
五十嵐太郎

キーワードは透明感と無重力――巨大インテリジェントビルから個人の住居に至るまで、ポストモダン以降の日本の建築の見方・愉しみ方を、気鋭の建築学者が提案する。

216
沖縄・奄美《島旅》紀行
斎藤潤

沖縄と奄美は、日本ではない。少なくとも、文化的には。ぼくは、そう確信している――。ガイドブックでは触れない南島の秘める多様な魅力を、その素顔を通して伝える。

217 **名門高校人脈** 鈴木隆祐
日本全国から歴史と伝統、高い進学実績を誇る名門約三〇〇校を厳選。校風、輩出した著名人約一七〇〇人を取り上げ、その高校の魅力と実力を探っていく。

218 **医者にウツは治せない** 織田淳太郎
うつ病での入院体験を持つ著者が、医者や患者など、うつ治療の最前線を徹底取材。薬に頼らずうつを克服する方法は、意外なところにあった。年間自殺者三万人時代の必読書。

219 **犯罪は「この場所」で起こる** 小宮信夫
犯罪を「したくなる」環境と、「あきらめる」環境がある——。物的環境の設計（道路や建物、公園など）や人的環境（団結心や縄張り意識、警戒心）の改善で犯罪を予防する方法を紹介。

220 **京都 格別な寺** 宮元健次
世界有数の文化財の宝庫・京都。四季折々のさまざまな表情を見せる千年の都で、時を超え、やすらぎを与える、至高の寺院たちの歴史ドラマを歩く。

221 **下流社会** 新たな階層集団の出現 三浦展
「いつかはクラウン」から「毎日百円ショップ」の時代へ——。もはや「中流」ではなく「下流」化している若い世代の価値観、生活、消費を豊富なデータから分析。階層問題初の消費社会論。

222 **わかったつもり** 読解力がつかない本当の原因 西林克彦
文章を一読して「わかった」と思っていても、よく検討してみると、「わかったつもり」に過ぎないことが多い。「わからない」より重大なこの問題をどう克服するか、そのカギを説いていく。

223 **暗証番号はなぜ4桁なのか？** セキュリティを本質から理解する 岡嶋裕史
システムの制約？ 管理の都合？ 顧客の利便性のため？ それとも他に合理的な理由が……？ 身近な事例からセキュリティの本質を解説。本質を知ればセキュリティ事故も防げる！

224 **仏像は語る** 何のために作られたのか　宮元健次

仏像には、「煩悩」を抱えた人間の壮絶なドラマが込められている。迷い、悩み、苦しみ、弱み、祈り……。共に泣き、共に呻く「魂の叫び」に耳をすます。

225 **ニューヨーク美術案内**　千住博　野地秩嘉

美術の町・ニューヨークで、野地秩嘉が画家・千住博と一緒に作品を読み解いていく、今までにない最高に贅沢な美術ガイド。この一冊で、美術館がたちまち楽しい場所に変わる。

226 **世界最高の日本文学** こんなにすごい小説があった　許光俊

岡本かの子『老妓抄』、森鷗外『牛鍋』、夢野久作『少女地獄』……。心にしみ入る名編から、驚愕と戦慄の怪作まで、あなたの小説観・人生観を根底から変える一二編を徹底解剖。

227 **ジャーナリズムとしてのパパラッチ** イタリア人の正義感　内田洋子

悪趣味な〈のぞき見〉か、正統な〈時事報道〉か。パパラッチ発祥の国・イタリアで、その裏側に迫る。「報道の自由」と「プライバシー保護」の境界線は？　ジャーナリストの倫理感とは？

228 **日仏カップル事情** 日本女性はなぜモテる？　夏目幸子

今日、日仏カップル、とりわけフランス人男性と日本人女性との結婚が増えているが、なぜだろうか。この現象から、現代日本人女性の問題、日本社会の現状、男女関係等を考える。

229 **古伝空手の発想** 身体で感じ、「身体脳」で生きる　宇城憲治 監修　小林信也

「古伝空手」とは、「戦わずして勝つ」、平和の哲学に根ざす武術である。六百年もの歴史を持つその伝統の教え――「型」――から、真の生き方のヒントを学ぶ。

230 **羞恥心はどこへ消えた？**　菅原健介

近年、「ジベタリアン」「人前キス」「車内化粧」など、街中での〝迷惑行動〟が目につくようになった。私たちの社会で何が起こっているのか。「恥」から見えてきたニッポンの今。

238
日中一〇〇年史
二つの近代を問い直す
丸川哲史

日本と中国、この隣り合う国の複雑な関係について、毛沢東、北一輝、魯迅、竹内好など、両国の知識人たちは真剣に悩み、考え抜いてきた。両国の近代史を、彼らの思想でたどる。

239
「学び」で組織は成長する
吉田新一郎

役に立たない研修ばかりやっている組織のために、「こうすれば効率的に学べる」方法を紹介する。企業、NPO、学校、行政などで使える学び方・22例を具体的に解説。

240
踊るマハーバーラタ
愚かで愛しい物語
山際素男

恋あり愛あり性あり欲あり善あり悪あり涙あり笑いあり――。〝ここにあるもの総ては何処にもあり、ここに無いものは何処にもない〟。『世界最大の叙事詩』エッセンス八話を収録。

241
99・9%は仮説
思いこみで判断しないための考え方
竹内薫

飛行機はなぜ飛ぶのか？　科学では説明できない――科学的に一〇〇%解明されていると思われていることも、実はぜんぶ仮説にすぎなかった！　世界の見え方が変わる科学入門。

242
漢文の素養
誰が日本文化をつくったのか？
加藤徹

かつて漢文は政治・外交にも利用された日本人の教養の大動脈だった。古代からの日本をその「漢文」からひもとき、この国のかたちがどのように築かれてきたのかを明らかにする。

243
「あたりまえ」を疑う社会学
質的調査のセンス
好井裕明

社会学における質的調査、特に質的なフィールドワークに不可欠なセンスについて、著者自らの体験や、優れた作品を参照しつつ解説。数字では語れない現実を読み解く方法とは？

244
チョムスキー入門
生成文法の謎を解く
町田健

近年、アメリカ批判など政治的発言で知られるチョムスキーのもう一つの顔、それは言語学に革命をもたらした生成文法の提唱者としての顔である。彼の難解な理論を明快に解説。